U0605558

把每一天过成喜欢的模样

倪慧娟 著

中国华侨出版社
北京

图书在版编目（CIP）数据

把每一天过成喜欢的模样 / 倪慧娟著 .—北京：中国华侨出版社，2018.3

ISBN 978-7-5113-7426-4

Ⅰ.①把… Ⅱ.①倪… Ⅲ.①随笔—作品集—中国—当代 Ⅳ.① I267.1

中国版本图书馆 CIP 数据核字（2018）第 020445 号

把每一天过成喜欢的模样

著　　者 / 倪慧娟

责任编辑 / 程小雪

责任校对 / 孙　丽

经　　销 / 新华书店

开　　本 / 880 毫米 × 1230 毫米　1/32　印张 / 8　字数 /179 千字

印　　刷 / 北京溢漾印刷有限公司

版　　次 / 2018 年 3 月第 1 版　2018 年 3 月第 1 次印刷

书　　号 / ISBN 978-7-5113-7426-4

定　　价 / 32.00 元

中国华侨出版社　北京市朝阳区静安里 26 号通成达大厦 3 层　邮编：100028

法律顾问：陈鹰律师事务所

编辑部：（010）64443056　　64443979

发行部：（010）64443051　　传真：（010）64439708

网　　址：www.oveaschin.com

E-mail：oveaschin@sina.com

− 自序 −

　　因为喜爱，每一天都是生动的日子。夜晚，在昏黄的灯光下，孩子们都睡了，我拿出笔记本电脑，敲下一行行文字，组成一篇篇文章。坚持，是一件可贵而美好的事情，短短不到一年的时间，我在业余时间写出了十余万字，大部分文章发表于报刊，其中有国家级报纸《劳动保障报》、《工人日报》、《农民日报》、《人民日报》等。辛苦写出来的文字，有幸被编辑安排上了报纸版面，是百里挑一的幸运，对作者来说是一种莫大的鼓励。

　　一年来，我在报刊上发表了两百多篇文章，大多数收录于本书中，以供读者朋友们品鉴，文字渐渐地成熟了一些，曾经有两位编辑公开在 QQ 群里赞扬我的文字，其中就有那一篇《我心温软，拥抱温暖》。这篇首发于无锡百草园公众号的文字，原标题是《用温软的心灵，过温暖的日子》，一发表就获得了超过十万的阅读量，后被慈怀读书会等多家公众号转载。两位编辑说我的文字细腻，情感丰富，值得阅读，他们的赞扬让我看到了写作的希望，也更加努力地写稿回报他们对我的肯定。除了报刊,我也喜欢在网络上发表作品。我在无锡百草园公众号、品读时刻公众号、美文共享公众号等多家平台上发表过作品,其中《立春,冬日留白的眷恋》突破五十多万的阅读量,一想到我的作品能被那么多读者所喜爱,我就开心得不得了,这就仿佛自己的孩子考上了清华北大,是多么值得自豪的事啊。是的,我就是如此地热爱着我的文字,我倾注了全部的心血来构思每一篇文章,我奉献了全部的努力来完成每一篇文章。因为我相信,努力总有成果,付出才有收获。这些文字都收录于第一辑和第二辑中,我心温软,便可拥抱温暖,让繁花开在心灵里,然后可以怀着美好的感悟继续前行。

　　和志同道合的文友们一起努力,是一件令人开心的事。分享投稿信息、相互帮忙修改润色文字、提醒报纸发文信息等,这些都让我们紧密地联系在一起。有时候甚至和他们聊着聊着,我的灵感就蹦出来了,比如那一篇《不懂装懂是大忌》,正是在一个文友群里聊天聊出来的。还有那一篇《承认自己不如人,是勇者》,和文友们讨论标题讨论得热火朝天,大家各持己见,最终我用了这个标题。《你只管去努力,剩下的交给希望》也是一篇来自群友聊天的文字,发表在《郴州日报》,并被《幸福家庭》转载。这些文章收录于第三辑,来自心灵的碰撞,可以引发人们对生命和人生意义的探索。

　　回望时光,岁月悠长,把每一天过成喜欢的模样。第四辑以《剪一段慢时光，舞一段轻岁月》为题，书写了让我们放慢脚步享受人生的一种态度，正如文章中所写的，"慢下来的时光，轻盈的岁月，使我们懂得：生活的美好，依然在我们内心熠熠生辉"。我们的人生道路上，总有那些记忆深处的东西，在我们的心海挥之不去。那些往事，是我们生命中的财富，时光里的贺卡，隔着岁月的云烟，记起便依然觉得温暖。

想来，爱写作的人一定爱阅读，因为那书香会沁入我们的心脾。《枕上书、墨里香》《轻掀书扉，清风徐来》《唯有好书可纳清凉》等，书写了我对读书的喜爱之情。"枕上有书气自闲，夜来读书心自宁。诗情若画意，字句都飘香，在美文佳句的文字世界里，仿佛置身于鸟语花香的花园，可以让心灵沐浴着馥郁的花香。文字的经络，绚烂了时光，唯美了光阴，宁静了身心。这一份宁静，足以慰藉尘世中的挣扎。"怎么样，在我的文字里感受到读书的美好了吗？时光，因为阅读有了质感；日子，因为有了书香而更加的美好。

岁月向暖，心路芬芳。我愿怀着一颗感悟美好的心继续前行，把每一天过成喜欢的模样，与书香做伴，与季节共舞，用温软的心，过温暖的日子。

目录 contents

01 内心温软方能拥抱温暖

003　我心温软，拥抱温暖

006　把繁花开在心灵里

009　怀着感悟美好的心继续前行

012　素年锦时寄相思

015　把一盏流年，与君共醉红尘

018　淡到极致是朴素

021　别拿粗心当借口

024　一支唇膏的温暖

027　与爱同行，心自芬芳

032　别让被骗的经历堵塞了你的心灵

035　不负光阴，微笑向暖

038　一树繁花生暖香

040　橄榄绿礼赞

042　每一个与爱有关的日子都是520

044　茶韵悠长，情暖心上

047　愿梦想的光常在

02 /
在水墨四季里感受美好

053   在水墨四季里感受美好

056   立春，冬日留白的眷恋

058   月圆夜，元宵佳节庆团圆

061   拥抱春色，感受温暖

064   清明泪，念故人

067   夏至，日长之至

069   盛夏时光，一池荷韵送清凉

072   秋未央，冬初至

075   腊八，冬祭祈愿来迎春

078   大雪，冷冬里的一场白色盛宴

081   雪落天涯，落笔为念

084   捧一朵雪花，写意人生

087   江南雪，飘扬在心海

090   冬日恋歌

03 /
愿你在人生剧本里，演好自己的角色

095   愿你在人生剧本里，演好自己的角色

099   愿做明媚的女子，与春天一起绽放

101　愿做热情的女子，同夏花一起绚烂

104　愿做优雅的女子，与秋天一起收获

107　愿做长情的女子，与冬天一起沉淀

110　你只管去努力，剩下的交给希望

112　学会给心灵的树苗剪枝

115　欣赏，是爱的本领

118　不懂装懂是大忌

121　禅在心中心自明

124　没有勇气归零，是因为还要负重前行

128　调整一下呼吸，世界就会变得不同

130　不管什么蜜，保持距离最美丽

133　女王节，愿你喜得浮生半日闲

136　承认自己不如人，是勇者

138　做一个生动的人

141　做一个自带温暖的人

143　人生需要境界

146　放下手机，让爱百分百陪伴

149　感谢生命中鞭策你前进的那个人

152　不要让不忍心坏了原则

154　融入孩子的朋友圈

156　父亲写的散文诗

04

剪一段慢时光，舞一段轻岁月

161 剪一段慢时光，舞一段轻岁月

165 重拾一段搁浅的时光

168 站在时光的渡口，等一场春暖花开

170 春幕初起，等你赴约

172 等待的光阴，把自己修炼成铜墙铁壁

175 让生命的怒放，成为一种本能的姿态

177 品一杯香茗，共一段光阴

180 回望旧时光，恭贺新岁月

183 建一个时间账本

186 隔着岁月的云烟

189 时光里的贺卡

192 盛开在青春枝头的娉婷

195 西电后街的记忆

199 时光里的主楼专用教室

203 旧时光里的舞厅

207 优雅喝一杯岁月下午茶

210 毕业季，醉青春

212 高考1994，从此走向新的起点

215 坚持，下一站的风景更美

05 / 轻掀书扉，清风徐来

219 轻掀书扉，清风徐来

221 铺地为卷，待你执笔成诗

223 枕上书，墨里香

225 书香默默入心来

227 心事如莲，温柔绽放

229 愿侠义柔情溢书香

232 让钝感力成为生活的壁垒

235 诗词咏荷韵悠长

238 唯有好书可纳清凉

241 绿荫底下读华章

01

内心温软方能拥抱温暖

这个世界充满了阳光和雨露，也让我们的心变得温软。

把繁花开在心里，怀着感悟美好的心继续前行。

素年锦时，不负光阴，让我们用一颗温软的心，拥抱温暖的日子。

— 我心温软，拥抱温暖 —

清晨推开窗户，一缕阳光斜射我的脸庞，那是一种久违的温暖。此刻的温度，仿佛可以触摸灵魂深处的瑰丽，温暖着冬日里寒冷的心灵。窗外，白云在风中游荡，蓝天下的缥缈成了冬季里明媚的风景。小区里的马路上，一群戴着红领巾的小学生，他们正踩着轻快的步伐，叽叽喳喳地走向学校，他们的脸上，满是朝气蓬勃的笑容。在这冰冻着的冬日，看着窗外的景致，我的内心感受着美好，不由喟叹：阳光真好，生命真美！

踩着高跟鞋，和亲爱的家人说再见，"噔噔"地出门上班去。马路上车流如织，在这车流的前行中，听收音机里传来优雅的音乐，这是一种心灵的享受。音乐可以洗涤人的灵魂，这一颗温软的心开始随着旋律跳舞，让那声调的氤氲沐浴整个身心。许嵩的音乐有一种阳春白雪的唯美，富含中国风的歌词更是有一种在时光中穿梭的感觉。暖气把寒冷抵挡在了车外，身体感受着温暖，听着音乐的旋律，我的心灵感受着美好，不由感慨：音乐真美，活着真好！

生命的尺度，不可丈量；时光的河流，不可逆转。滚滚前行的年轮之中，在历经世事纷繁之后，原本棱角分明的内心逐渐归于温软，那份年轻的坚硬也逐渐被丢弃在岁月的历史风霜里。

我心温软，便可拥抱温暖的日子。温软的心，会为了一件小事而感动，也会为了朋友的困难而倾尽全力，互帮互助的点滴，是生命里的温暖；温软的心，不会用尖锐的语言去伤害别人，也不会对别人的观点指手画脚，这样的平和，是人际交往中的温暖；温软的心，会为一首旋律动听的音乐所陶醉，也会为电影里的一句台词而动情，这样的善感，是时光里的温暖；温软的心，会为一朵花的绽放而欣喜，也会为孩子的一个笑容而欢欣，这样的欢喜，是平淡中的温暖。这么多的温暖时刻，构建了温暖的日子，美好而温馨。

我心温软，所以可以感受世间的温暖。一个美好的清晨，一段优美的音乐，打开了时光的隧道，把一份温暖填满我的时间。一次短暂的相遇、一份亲切的问候、一个厚实的拥抱，在生命之中何尝不是温暖的馈赠呢。我以一颗温软的心，与岁月共舞芳华，与时光共诉真情，把每一份真情实意都记写在心灵的书签上，把每一份生命的感动都寄存在生命的血液里。

用温软的心，过温暖的日子。轻抚指尖的温度，打开心扉，看云卷云舒。遇见，是一种美丽的缘分。茫茫人海，于千万人中，一次偶然的相遇，温暖了你我落寞的心灵，从此生命旅途中多了一份相知的交情。想念时，打一个电话，让那无线电波穿透尘世的屏障抵达你我的耳畔，让那温软的声音共振，让那相通的心灵共鸣。久别重逢之后，深深的一个拥抱，把时光里的疏离都挤在了拥抱的缝隙之外，把知己的那份温暖停留在相拥的片刻。时光不老，故人不散，这份温暖，停留在你我心间。

　　人到中年，不再用铜墙铁壁把心守护得严严实实，学会了用温软的心去感受四季的美好，去体验生命的精彩。冷漠，不该是世间的常态；疏离，不该是人与人之间的屏障。含一颗温软的心，把年华的芳菲点滴成墨，诉诸指端。挚爱的亲人之间，多一份关爱；亲密的朋友之间，多一份信任；共事的同事之间，多一份尊重。让那一颗温软的心，散发人间的清香，温暖每一个生命中有交集的人。

　　不计较人生得失，不计较爱恨情仇，用良善、知恩、坦然武装温软的心，感受身边的温暖，体悟世间的美好。用温软的心，过温暖的日子，生命才会给我们美好的反馈，生活才会给我们快乐的体验。

– 把繁花开在心灵里 –

最是萧索的冬日，温室里的花朵仍鲜艳地绽放着，丝毫不知窗外的寒冷。北方的冬季，因为有了暖气，适宜的温度似乎把这寒冷挡在了窗外的另一个世界。室内温暖如春，可见绿植清新淡雅，可闻花朵芬芳浓郁。这一室的光阴，有花香可抚人心，有书香可悦心灵，有音乐可慰心扉，如此安好的时光，窗外的寒冷便已无法再肆虐我们的身心。

即便如我这般烦于琐碎事务的人，也曾为家里的芬芳擦过一片叶，洒过一壶水，让那朵朵妩媚安宁了浮躁的心事。闲暇时光，便拿来一本书，坐在离花草最近的竹椅上，闻着花香和墨香，度过安然的时光。家里的茉莉，曾开了一茬又一茬，小小的花瓣，那么不显眼，却散发着浓郁的芬芳；原以为只会在秋季争奇斗艳的菊花，在冬日里也曾傲然绽放，层层叠叠的花瓣，弯曲成优美的弧度，愉悦着每一丝缝隙的空气；还有那栀子花，一直以为你是属于南方水乡的娇妍，在北方的屋子里，你悄然地展开了明丽的姿容，展现出那么美的姿态……

我羡慕那些家有百花娇艳的女主人，她们似乎总有千般的耐心养育着花朵，精心而细致。听朋友描述昙花一现的过程，愉悦的声音、发亮的眼睛、欢快的手势，仿佛她的心灵正在经历一个开花的过程，仿佛此刻的生命充满了芬芳。也有朋友经常在朋友圈发一些花的图片，我的世界从此多了绣球、多肉、茑萝、夜来香……那些我原本并不熟悉的花朵，吸引了我的视线，捉住了我的思绪，从此，我并不肥沃的心灵里也开得繁花似锦，那淡雅的清香或浓密的馥郁填满了我的心扉。

那位开青年旅社的花房姑娘，把自己融入了花的世界，她快乐地打点着花的王国，那种热爱到极致的幸福感包围着她的身心。我想，她的心灵里一定开满了四季鲜花，血液里一定流淌着对泥土和植物的向往，骨子里一定花开得枝繁叶茂。她勤奋，每一株花草都亲自打理；她努力，自己沤肥滋养花朵；她文艺，给每一枝花枝都增添了艺术的魔力。繁花似锦，落于心间，每一份心事都有了花的芳香。与花共舞，心有芬芳，每一个普通的日子也有了娇艳的美丽。这位花房姑娘，仿佛自己也成了一朵花，开在她创业生涯里，绽放在她生命旅程中。

有人说，每一朵花都是有生命的精灵，你越赞美她，她便会越娇艳。正如我们的心灵，如若在赞美的国度里翱翔，那一颗心便远离了寂寞、独孤和忧伤的土壤。我们常提醒自己，要对孩子多加赞美和鼓励，让他们的心灵在温暖善意的空气中茁壮成长。可是我们忘记了，在社会中摸爬滚打的我们，一颗颗千疮百孔的心何尝不需要那些善意的赞美和鼓励呢！完成了一件事，原本已经用了极大的努力，收到结果的时候却是那么平淡的语气，"好的，我知道了"。热情的心瞬间被浇了一盆冰水，原本沸腾的血液刹那间从头凉到脚。何必？何苦？人与人之间的心灵桥梁，拆掉容易搭建却很困难。为了让我们每一个人的心灵都开出朵朵娇艳的花，且让赞美和理解做桥墩，用微笑和鼓励做桥面，把芬芳的繁花种植在桥梁上。如此，人生处处是花香，人间处处是温暖。

愿你我的心灵一如那繁花盛开的温室，日日娇艳，时时温暖。吸收简单、朴素的营养，汲取知识、努力的肥料，用赞美和鼓励做温床，用善意和理解做土壤，让心灵的繁花芬芳整个身心，让花的娇艳妖媚整个心扉。岁月悠长，人生苦短，每一种花都各有自己的花期，绽放时便倾尽全力释放所有的热情。短如昙花一现，不过一夜之间的时光，花事已谢，却给大家留下了最惊艳的回眸。长如长寿花，几个月的时光里就那么不骄不躁地开着，守候着季节的更替，陪伴着温和的人生。愿你我的心灵繁花盛开，度过一个个不同的花期，绽放一次次不同的美丽，幽香整个生命的旅程。

－ 怀着感悟美好的心继续前行 －

还不到一周岁的双双精神总是很好，常常一家人都睡了，她还不睡，我只得陪着。然后在有限的时间里码字，上网找各种纸媒邮箱投稿，一封封发过去，绝大多数都是石沉大海，令人沮丧不已。仅有的一两个编辑，很难得地告诉我：这篇文章年前发，另外一篇要等上一阵再发。到了我这里，这简单的回复便让我心里有一种感恩戴德的感觉。其实也明白，功力不够深，这是必然的结果。据说编辑每天都会收到雪花般似的稿件，写作的人那么多，没有新意的题材，没有老到的功底，要想脱颖而出，并不是一件容易的事。

不想被公众号所绑架，所以不愿意动辄去推销我的公众号，但仍然不由自主地会关注粉丝数量的增长。可以见到的是，如果发一篇辞藻优美的文章，便会吸引来不少粉丝，如果发一篇文字朴素的文章，粉丝数量不仅不会增加反而会有所下降。对粉丝数量的关注，也使我一度写过用美字佳句堆出来的文章，也使我一度追求过辞藻的华丽。有朋友在我发出《姑妈家的床铺》一文后评价，"这种暖心的文字，很动人，希望能坚持"。对了，就是这篇暖心而动人却很朴素的文字，不仅没增加公众号粉丝数量反而还减少了。说到底，我还是被公众号所绑架了，否则不会如此关注粉丝量的增长或减少，也不会关注每一篇文章的浏览量。这真不是一种好现象，希望自己能从公众号的束缚里脱离出来。

在写完《有爱和坚持，才有生命的奇迹》后和好友明月清风说过，我这篇文不是美文，就不投其他大公众号了。她说，"在我的眼里你的文章都很美"，好生感动，要是她正好是纸媒编辑，我可就大大沾光了。和文友芷晨聊天，告诉他 2017 年我希望在纸媒上多有收获，他马上给我发来了《读者》原创的投稿邮箱。我沉默，这种杂志目前我是不敢碰的，即使投稿也不过是石沉大海的命运罢了。他却鼓励我，"你的文字已经达到了可以发《读者》的水平"，这种鼓励一直陪伴着我的写作道路。芷晨坚定地认为，我在写作上会有成功的收获。不管是否成功，我想，有你们的赞美和鼓励，我必定会坚持写下去。

有个朋友，他的梦想是十年时间能成为国家一级作家。我从来没有奢望过这样的成绩，写文章对我来说只是茶余饭后的点心，不会成为我毕生的追求，我也不会舍本逐末放弃我的主业去追求写作的成功。但我还是受他的影响，一步步攀登在文学道路上。我提交了加入作协的申请，我不断整理文章给纸媒投稿，我不断修改自己的文字，也许做不到他那样的努力，但我也在有限的时间里付出了我所有的勤劳。

　　其实自己也明白，我所拥有的只是一颗感悟美好的心，并不是拥有多么高的才华。不奢望，但也不放弃。感谢陪伴在我文字道路上的每一个你，感谢一直鼓励我前行的朋友们。有位读者给我发信息，"梅江晴月，你的素材故事怎么那么多啊？"我回复，"用心去感受生活。"生活中有很多值得写的事，小到一支唇膏，一碗酸汤饺子，因为有爱和温暖，也会成为我的文字。我没有深邃的思想，独到的见解，我也没有高深的历史文化底蕴，我只不过有一颗感悟美好的内心。

　　我愿，怀着一颗感悟美好的心继续前行。

－ 素年锦时寄相思 －

　　最爱在清风温柔的午后，坐在窗前的书桌上，写深深浅浅的诗行，把一缕思念寄予笔端。打开窗户，让风携带着花香钻入我的鼻孔，身上的每一个毛孔都在扩张，仿佛饥渴已久。泡一杯淡茶，随着茶叶的沉浮散发着氤氲的淡香，宁静的心灵便在这美妙的午后完全放空。铺展一笺书信，一笔一划画写年轮的思念，把一份深情的问候遥寄他乡。

　　笔墨染上了岁月的风霜，一撇一捺都是年华的清音，字里行间都是青春的烙印。素年锦时，青春不曾沾染悲伤，流年还在清唱乐章。捋起掉落耳际的发丝，轻呡一口温热的香茶，执笔书写一季芳华。轻缓的音乐在安静的房间里回荡，胸腔里鼓动着满腔的热忱。一撇，写下春日里那明媚的希望；一捺，写下夏日里那娇柔的妩媚；一横，写下秋日里沉淀的收获；一竖，写下那冬日里雪白的纯净。

　　花自飘零，不问路人；柳自摇曳，不寻远方。每一季的低吟浅唱，都带着岁月的欣喜，时光深处的心灵之花悄悄绽放。问一声：四季更迭，年华流逝，远方的你可还依旧？笔墨已染思念的伤，字里行间都是你的旧模样。你清爽的笑容穿透了时光的隧道，轻轻坠落我的纸上，又如涟漪散落我的心上；你棱角分明的面容横跨了光阴的距离，悄悄停在我的鼻尖，又如蜻蜓点水划过我的心房。时光，不曾在你身上留下烙印，你还是当年以诗作画踏歌而行的少年郎。

把信纸精心折叠成一颗心的模样，想念的心事愿你收藏，一份知心的情谊，不惧时光的漫长，不畏距离的遥远。我把四季的诗意连同生活的琐碎一起写在纸上，请别遗漏每一个细微的标点符号，也许那是我隐藏的心事；我把风干的枫叶连同我的名字一起装进信封，火红的颜色是我悠长的思念，从遥远的北方抵达南方。

窗外，秋未央，冬初至。落叶铺满地，深深浅浅，搭起了季节交替的桥梁。站在桥的这边，看落叶飞舞着深秋的绚丽，想时光深处我们不曾遗忘的往事。韶华不再的今日，就让往昔的点滴如影片回放。牵手相伴的身影，走在岁月深处，不言不语；柔情相对的视线，穿透青春的屏障，不来不去。时光的韵味，淡雅如许。这份思念，清香如此。不必去追问，字里行间是否仍有抹不去的遗憾，那只是岁月对回忆的馈赠，让这一份思念悄悄地发芽。

距离，是一种诱惑，诱惑如影随形的思念，长出坚强有力的翅膀，飞向遥远的南方。那里，山正葱绿，风正轻柔。托信鸽携去我清新的笔墨，每一个清秀的文字都带着心灵的倾诉。或许你能探得我的笑颜如花，也能觅得我的怅惘如丫。没有青春的秘密，只有生活无尽的繁杂。不期望你与我再来一次心灵的共鸣，只把这流年絮语轻放。

花香风柔，素年锦时。我在北方，把一份思念，寄给南方。

－ 把一盏流年，与君共醉红尘 －

　　轻柔的风，跌宕起春日的温柔，与你共坐柳梢下，浅唱尘世万千笑颜，低吟红尘种种花絮。旧时光的雕刻，缠绕成指尖的一丝温柔，抹去风霜里那眉头的愁绪。时光不老，真情不散，在这红尘中愿把一盏流年作饮，与君共醉红尘之中。

　　歌一曲红尘，醉一盏流年。陌上花开，待君缓缓而来，一只红酥手，一杯黄藤酒，与君共醉。衣袂飘然，双眸如炽，这一份深情，早已根植在尘世之间。别来无恙的年华里，多年的等待只为成全这一时的相逢。

　　一杯香茗在手，红唇娇艳欲滴，每一次浅尝辄止都是对生命的试探。轻轻吹一口，那迭起的涟漪正是十字路口刮过的风，吹散长发的纠结，遗落岁月的恼人。是那一只温柔的手，牵起了十指相扣的温度，悄悄地点燃了岁月的风情。于是，那一季的风分明有了缠绵的相思，每一次港口的停留，都化作了翘首期盼的目光，期待着一次又一次的相逢。

芸芸众生，浮光错过了掠影，可我终究不曾错过你。牵手一段岁月，共醉一场红尘，你的缘，我的分，画成了生命中的圆。一盏流年在心，命运从此交错在彼此的时光里，繁华从此在彼此的心中千般留恋。

我欲把一盏流年，与君共醉红尘。把那春日的温柔、夏季的芬芳、秋季的收获、冬日的苍茫一并当作作料投入盏中，和着流年的氤氲，邀君共饮流年的醇香，共醉在这红尘三千情丝编织的情网之中。

红尘醉，醉流年，与君共舞一生情缘，又怎愿独自清醒。肩并肩，手牵手，共度白天与黑夜的变换，携手清晨与日暮的交替。在美丽的年轮中，把平淡的生活编织成美好的画卷，你用心作画，我用心添彩。

我欲把一盏流年，与君共醉红尘。把那童年的童言稚语、少年的豪言壮语、青年的豪情壮志一并当作小饮投入盏中，和着流年的沉淀，邀君共品流年的茗香，共醉在这红尘万般琐事砌成的尘世之中。

醉红尘，流年醉，与君红尘踏浪，共品时光清浅。目光交织成岁月的书签，别在彼此珍惜的心间，把那每一次的欢颜记写在人生的扉页，把那每一次动人的瞬间刻写在岁月的书卷。

我欲把一盏流年，与君共醉红尘。把那阳光的灿烂、细雨的情怀、清风的温柔、白雪的浪漫一并当作点心掷入盏中，和着流年的芬芳，邀君共饮流年的沉香，共醉在这红尘几番浮沉描绘的浮世之中。

相思河水，潮起潮落。正如，这天上的圆月总有阴晴圆缺，生活的琐碎也让这份情感涨起落下。那又如何呢？总有一份温柔，珍藏在时光夹缝里；总有一丝情丝，系在你我之间。世间的情爱，若有理解的基因，再加珍惜的情怀，再难的路也走得下去。

我欲把一盏流年，与君共醉红尘。红尘已醉，醉眼蒙眬中听岁月呢喃的声音、赏时光起落的光阴。醉了红尘，醉眼相对，必以经年的时光温柔相待，在这红尘中许下地老天荒的心愿。

－ 淡到极致是朴素 －

生命是一场修行，岁月是一次洗礼。人生走过的每一个脚印，都会成全生命的芳华。安于淡然、欣于淡泊，不为名利所束缚，不为权钱所捆绑，是一种内心的修炼。从纷杂中走出简单，从繁华中走出素淡，需要直面人生的勇气，也需要把心入淡的悟见。

淡之美，美在生命的修行，把走过的每一步都刻写成生命的乐章。在喧嚣的人群之外，寻一处鸟语花香，静守时光的馈赠。独坐一隅，沏一杯淡茶，打开轻缓的音乐，让窗外的阳光洒射在身上。闭上眼，倾听心灵与外界的对话。把心交给自然，安守每一个静谧的时刻，不为一时意气而面红耳赤，不为一点小事而大发雷霆。人生，不过百年之期，在浩瀚的宇宙里，不过是短暂的一束烟火，我们为何不把这烟火绽放到最绚烂呢?

淡之韵，韵在心灵的释放，把生命中美好的时光收藏在年华的锦囊。在繁杂的事物之外，觅一地茶韵飘香，安坐流年的轮回。邀约几位知己，盘膝而坐，共话尘世的琐碎。把心事都交给窗外的微尘，让风带给他乡。把心灵放空，和知己一起探讨人生，不做那个争权夺势的小人，不让钩心斗角绑架我们的身心！生命，本就是属于每个人独有的专利，不可复制，我们为何不把这独特的魅力发挥到极致呢？

淡之雅，雅在生活的真知，把琐碎的时光都串成年华的灼见。在喧闹的人群之中，安然若素，独守一份快意人生。人群之中，熙熙攘攘，谁的脚步不是匆忙前行。在这急促的生命里，把步伐放缓成了生活的剪辑，淡淡地守护每一刻前行的光阴。生命，本就是一场一往直前的旅行，不可回头，我们为何不在这前行的路上淡然行事从容做人呢？

淡到了极致便是朴素，心平自然和，心静自然宁。学会了把繁杂归一到简单，理顺每一天时光的线条，抚平曲线中每一个坑洼，用一颗淡然的心去处理日常的繁杂。学会了心平气和去对话，去化解因为双方观点不同而引起的矛盾，用一颗宽厚的心去解决存在的问题。朴素的人，不会在有矛盾的时候意气用事，他会平心静气，并试着站在对方的角度考虑问题。他有理有智，从事物本身的道理出发，抽丝剥茧，把其中存在的问题一一厘清。

朴素是淡到极致的境界，工作不矫揉造作，家庭不三心二意。学会了珍惜时光的宝贵，不把时间浪费在无谓的纠缠上。无论事业，抑或是家庭，该舍的不再拖泥带水。一份合心意的事业，哪怕要付出常人不能承受的艰辛，也是心灵的选择。一个暖人心的家庭，哪怕不能荣华富贵，只要家人相互包容和理解，并紧紧地抱成一团，那便足以温暖每一个家人的心灵。

人到中年，心自朴素。尔虞我诈的不正当竞争，只会降低你的素质，让人迫切想要远离；故弄玄虚的高谈阔论，只会让人嗤之以鼻，令人不再乐意结交。强取豪夺的财产，只会争端四起，令你的周围草木皆兵；虚情假意地结交友人，只会失去更多的朋友，让人绕道而行……朴素的心拥有平和的心态、积极的态度、宽广的胸怀，他们以真待人、以诚对人，放一颗真心在尘世，安一世时光在生命。

朴素的人，不是以穿旧衣博取同情，也不是装可怜赢得相助。朴素不在外表，而在于内心。拥有一颗朴素的心，把一份看淡人生的真知灼见，填充在每一天的生活琐碎里。人生在世，得道者多助失道者寡助，这个道理就在每一个人的内心。浮于表面的东西，并不会持久。繁华的假象，终归要露出原形。悟得人生一份真，淡然处世，淡然为人，以朴素的心应对世界纷繁。繁华三千终归零，人世安得假作真，淡到极致是朴素，可以修得一颗本真心。

－ 别拿粗心当借口 －

生活中，我们常常会听到这样一个借口，"哎呀，都怪我太粗心了"。小到家里的琐事，大到公司的项目，我们几乎都会听到这一句话，为自己的粗心解释，何尝不是承认了自己缺少细心的努力。碗没洗干净，归结于粗心；晾干的衣服还有污渍，解释为粗心；打扫完的房间依然有发丝躺在地上，借口还是粗心。完成的文稿总有错别字，归因于粗心；写好的代码出现重复错误，归结为粗心；完成的设计工程图出现了小失误，解释为粗心。这样的借口说得多了，形成了习惯，一旦出现问题，便会很自然地脱口而出。是为推卸责任乎？

一分耕耘，一分收获，世界上哪有不劳而获的美好。走亲探友，有时候看到朋友家干净得仿佛不食人间烟火，令人羡慕得不得了。却不知，纤尘不染的家，不过是她一直在细心地努力照料。

有位朋友，向来十分细心，她那美好的家常常整洁得像从未有人居住过。每次有朋友走进她的家，就会为整洁的房间、优雅的布置所感慨，这些美好的房间都是她细心地打理出来的结果。每次家里打扫卫生，她就几乎不放过每一个角落，整理、弹灰、清扫、擦地，往往一个书房就要花好几个小时。你在上网玩游戏，她在规整书桌；你在沙发上玩手机，她在擦拭地板；你在拿着遥控器看电视，她在收拾厨房；你在影院里看电影，她在弹扫每一个角落的灰尘。你羡慕她生活在情调雅致的家里，却不知道她付出了多少细心的努力。没有她站在凳子上一遍遍擦玻璃的细心，哪里来窗明几净的环境。没有她弯着腰半跪着在地上一遍遍擦地板的仔细，哪里有洁如明镜的家。

粗心的人，扫地五分钟，拖地十五分钟，就算是打扫完了房间。所以，角落里灰尘依然在友好地睡觉，旮旯里浮尘仍然在欣欣向荣地飘浮着。你所谓的打扫房间，只是做了表面功夫，根本没有付出过细心的努力，又哪里来洁净温暖的成果收获。拖地和擦地，只一个字的差距，却已可以看出不同人对待生活是否细心的态度。拖的是地，过的是粗糙；擦的是地，过的是精致。可见什么样的态度，过的是什么样的生活。

工作之中，也是如此。光看到别人的项目从未出错一举获得成功，就忌妒得不行。却不知，这个项目一举成功，不过是他一直在细心地努力。

有位同事，去年获得了公司优秀员工，他所负责的项目也同时获得优秀。不要以为，成功是轻而易举就能取得的。你只检查一遍就把设计做了输出，导致存在不小的问题，而他是细心地检查一遍又一遍，个人检查、小组检查、总设计师检查，不放过每一个可能因为粗心导致出错的漏洞。你阅览文档一目十行，而他是逐字逐句一遍又一遍地检查。你只把软件代码编译一遍通过就认为 OK 可以输出了，他则是检查每一行代码、检查每一个子模块之间的接口、检查和每一块硬件板卡的联调情况。每一次细心的努力，都包含着他的时间、精力和耐心，那么项目的成功也就水到渠成了。

粗心的人，一目十行地检查文档，调试代码粗略测试就算完成任务。所以，总有被遗漏的错别字在文档里耀武扬威，总有错误的代码在软件程序里招摇过市。你所谓的检查，只是走了一遍流程，根本没有付出细心所需的努力，又哪里来一次完美成功的项目。同样都是检查，一目十行和逐字逐句，所付出的细心程度是截然不同的，其结果有所不同也是必然的。

对待友情、爱情、亲情，也是如此。错过了朋友的约定，找一个粗心忘记了的理由。忘记了纪念日，给一个粗心大意的解释。错过了父母的生日，找一个粗心的借口。而那些细心的人，会在台历本上、日记本上，或者手机备忘录里记着，并时不时地翻开来提醒一下自己。这一些小点滴，需要的不仅仅是时间，还有足够的细心。

别拿粗心当借口，你只是缺少细心的努力。有位老师曾经说，细心是一种能力。细心能力的培养，需要花费一个人更多的时间和精力，也需要一个人的耐心和智慧。别再动辄给自己找粗心的借口了，没付出细心的努力，只是你比较懒罢了。给自己经常找借口的托词会降低你的人格魅力，不如大方承认自己的偷懒行为。

– 一支唇膏的温暖 –

我们的生活中总是充满了小小的温暖，这温暖如同春天的阳光，沐浴在我们的心灵上。心灵里便开出了一朵朵友爱的花，芬芳着我们的生命。口渴时陌生人的一杯白开水，走累了的时候公园里陌生游客的一次让座，疲惫时亲人的一个拥抱，都让我们可以感知世间的情谊，让我们心灵充满了温暖。

尽管网络上有关师生关系恶劣的新闻层出不穷，但实际生活中，老师和学生之间，并不总是剑拔弩张般地紧张，更多的是老师对学生的爱令孩子沐浴在幸福的氛围中。那是去年的冬天，总是不记得喝水的儿子又上火了，嘴唇红得跟红辣椒似的，睡前我让他找唇膏抹一下嘴唇，能缓解一下嘴唇干裂带来的灼烧感。我从他的书桌上找了一支小白兔唇膏，他却不要，非得让我把书包给他。只见他拿了书包在里面翻箱倒柜似的一阵乱翻，终于从包里掏出一支淡蓝色的唇膏来。

那是一支很普通的唇膏，淡蓝色的管身散发着淡淡的光晕，几朵小花轻盈地绽放在上面。唇膏是薄荷味的，拧开盖子便能闻到一阵薄荷的清香，唇膏随着底部的旋转钮可随意伸缩，方便使用。儿子满足地拧开盖子，细细地给嘴唇抹上了唇膏，吧唧了几下嘴，才心满意足地把唇膏放回书包，然后爬进被窝睡觉去了。

那是一管怎样神奇的唇膏，使得儿子要舍弃我给他拿的那一管小白兔唇膏呢？我想一探究竟，但儿子呼呼地睡着了，谜底只能等第二天再揭晓了。

原来，不久前粗心的儿子手背严重皲裂，整个手背红了一大片，皮肤上裂开一道道口子，想想都觉得触目惊心。班主任老师在教室里例行视察的时候发现了异样，心疼地亲自给他拿了自己的护手霜抹上。没过多久，手背的皲裂好了，但嘴唇却又上火了。这次，班主任直接送给儿子一支唇膏，让他放书包里，提醒他记得经常涂抹。这就是儿子书包里那管淡蓝色的护唇膏，也是他最心爱的护唇膏，因为那是老师送给他的。

一支小小的唇膏，拉近了老师和孩子的心，也填满了儿子并不细腻的心灵。我们常说现在的孩子不懂得感恩，只要在周围的环境中充满了爱和感恩的故事，孩子怎么会不懂得感恩呢！一支小小的唇膏，是老师送给孩子的礼物，他很爱惜地收藏着，看到这支唇膏就会想到他的老师温暖而友爱的目光，让他懂得爱和感恩。

只要你用心去感受，就会发现我们的生活中也常常沐浴着这样小小的温暖。同学递过来的一块橡皮，胃疼时同事买来的一盒药，出差时火车上旁边座位的旅客递过来的一张纸巾……哪怕小到一支唇膏、一块橡皮，也是人与人之间的一份关爱，是我们人生旅途中的一抹温暖。

－ 与爱同行，心自芬芳 －

风姿绰约，时光款步；岁月浓情，情暖心房；
与人为善，千里结缘；与爱同行，心自芬芳。

——题记

（一）

资助安茹（化名）已经有好几个年头了，但接到她母亲的电话却是第一次。

"我不会说普通话，一直没有勇气打给您，真的非常抱歉。"我从她的声音里听出了生涩的紧张，不知道她是用了多大的勇气才拨打了这个电话。

"真的真的非常感谢，听说您刚生了小宝宝，还记得给我们安茹汇款，我都不知道该怎么感谢才好。也祝您和小宝宝健康快乐。"她的普通话带着湖南的口音，但是我还是清晰地听懂了每一个字，并感受到了她心底那份真切的感谢和祝福。

小宝贝在床上睡着，我不敢大声说话，只得小声地问候安茹母亲。

"不客气的，只要能真的帮到安茹就好。"我小声地说。

安茹今年上了高中，在这之前，家里并不同意，因为家里三个孩子都要上学，农村的收入低，父母并不容易。她发短信来求助，"阿姨，我想上高中，真的想"，我说，"没事，阿姨来安排，我继续资助，并把资助额度提高，一定让你上高中"。

看多了家有几个孩子的家庭，总是牺牲老大来继续弟弟妹妹们的学业，总想为安茹做点什么。微薄的资助或许并不能改变她的一生，但我只想尽我所能让她上完高中。

安茹终于如愿上了高中，我的心也放了下来。她时常用QQ给我发信息，有时候是简单的节日问候，有时候是诉说上学遭遇的烦恼。我会在有时间的时候回复她，替她出谋划策解决问题，有时候也买辅导书寄给她，让她安心学习。

就这样，隔着千山万水的湖南和北京，有一份温暖在传递。

（二）

收到歆楠（化名）的短信，我开心了很长时间，为了她的努力终于得到了回报，她以优异的成绩考上了华东师范大学，就读物理系。

自她上大学后，很长一段时间失去了联系，我有点小悲伤，难道只资助的时候记得感谢，上了大学就把资助的倪阿姨忘记了吗？

和安茹不同，我只资助了歆楠一年，那是她的高三最紧张的时候，她的资助人因为某些原因停止了资助，我怜惜她家境贫寒又有一颗渴望上学的心便接手了过来。之后联系很少，大多是手机短信发一些鼓励的话，直到她高三毕业给我发来喜讯。

可是她上大学以后很久没有和我联络，在我几乎要失望的时候，她发来了短信，"倪阿姨，好久不联系了，因为我发现我要花很大的精力去适应大学生活。我高中时候学的哑巴英语，到了大学很是吃力，而且我还在找家教、入社团，所以忙极了。"收到短信，我很开心，因为在她之前我也曾资助过一个孩子，她上了大学后就音信全无，说不失望是不可能的。歆楠的来信，让我感到了人与人之间的温暖。

从那以后，我们开始用 QQ 联络，她说："真的非常感谢您能在我最困难的时候给我帮助，我才有机会进入大学。现在我周末出去兼职，给人家当家教，不仅解决了我的生活费问题，我还能每个月寄点钱回去给我弟弟当生活费。暑假出去兼职下来他的学费也没问题！而我也在做志愿者公益活动，出去给那些家庭困难的学生免费家教。也算是尽我的力量去帮助别人，我现在的大学生活很充实，也很开心。阿姨，再次谢谢您！"

就这样，心与心之间，架起了一座爱的桥梁。

（三）

周末的时候，我去邮局寄了一大包衣服，邮费就花了我六十块。一想到当我们的衣橱里堆满了四季的衣服，遥远的山区里，还有人衣不蔽体踟蹰而行，心里就涩涩的。如果一件衣服的温度可以带给他们一份温暖的感觉，让他们免除寒冷的肆虐，那该是一件多么幸福的事。

一次偶然的机会，我看到了烛光图书馆的爱心活动，我想何不把我家看过的书捐献出来，给因为经济条件限制无法阅读到很多书籍的小朋友们呢？于是我加入了烛光图书馆的志愿者行列，并亲自策划了第21个烛光图书馆的建设活动。当我站在孩子们面前演讲阅读对人生的重要性，当我亲手把几百本书献给学校图书馆，我的心是满足而自豪的。"读书破万卷，下笔如有神！书籍是人类最好的朋友！读书能让我们变得聪慧、善良、谦逊……"一个图书馆，几百册书，愿每一个孩子都能从阅读中打开新的大门，享受阅读带来的美好感觉！"

如今，我的办公室里又堆满了孩子们的课外书了，自从呼吁建立打工子弟的图书馆以来，总有同事问：倪姐，还捐赠图书馆吗？于是，每逢有同事搬家或收拾书房，总会把他们已经不看了的书往我办公室搬。就这样，我的座位下常年都有厚厚的几箱子书。

这一份爱的华丽转身，是因为心中还有一份善良；为公益的勇敢前行，是因为世界还存在美好的希望。喜欢做一个清丽大方的女子，心向阳光、乐于分享；甘于做一个传授爱心的使者，把每一份爱传递给需要的人。

愿你我携手同行，传递我们内心的正能量，把这一份爱的温暖洒向人间。与爱同行，心自芬芳。那一份善良，会为你美丽的容颜增添一抹亮色；那一份关爱，会在你美好的心灵里开出温暖的花；那一份相助，会为你平淡的日子添加一份充实；那一份相知，会在你平和的生活中结出丰硕的果实。

新一年的脚步正款款而来，让我们打开胸怀，用我们的爱和善良，去温暖周边的世界。让我们打开心灵，用我们的美和分享，去拥抱崭新的明天。

－ 别让被骗的经历堵塞了你的心灵 －

被骗的经历，相信很多人都遇到过。火车站、校园里、医院、地铁，但凡繁华地段，似乎总有一些"可怜"的人，通过各种手段来博得大家的同情，然后从你兜里骗走钱财。急需买火车票却发现火车票丢了的，家人生病无钱治病跪在医院门口的，理由五花八门，但有时候却难分辨真假。正因为分不清真假，大多时候，我会因为同情心泛滥而掏出几十甚至一百块钱资助对方，没想要回报，只希望这举手之劳能真的帮助到他人。因为，我相信，这里面一定有着走投无路才不得不求助的人，陌生人的一次帮助，可以为他的人生点燃希望，可以让他感受到人间还有温暖和友爱。

很多年前，我曾经因为受骗去派出所做笔录，那是我第一次遭遇网络诈骗。那个叫作奇奇妈的年轻女人，因为父亲生病急需 2 万元手术费铤而走险，借用网络的方便，组织了一次婴幼儿用品的团购。短短不到一周的时间，她就收到了接近 2 万元的款项，大家都在等着团购的货品，却没想到她却从网络上消失了。妈妈们联合起来组建了 QQ 群，报了警，很快的，通过网络纠察，奇奇妈的身份曝了光。因为奇奇妈在哺乳期，认罪态度好，所有款项追回，听说只是被警察进行了教育，并没有被拘留。后来她在群里诚恳地认了错，哭诉了生活困苦的境况下失去了理智，一群同样年龄的妈妈，最终大家选择了原谅。善良的我们都认为：人都有犯错的时候，给她一次改正的机会，也是这个世界的一份温暖。

有一位朋友，抱着孩子在医院看病，父亲去停车的时候，她先抱着孩子去了儿科。从美国刚回来的她一见人满为患的情景就心里打鼓，吐的、咳嗽的、发烧的到处都是人，见此情景，她想直接带孩子回家。这时，她才发现自己把包落在车里了，没法和父亲取得联系，身上没钱也没手机，只能干等。左等右等，却一直没见父亲的身影，无奈之下，她想借个手机打电话。问了一个带孩子的妈妈，她只是摇头没说话；找了医院的工作人员，指了指公共电话，撇撇嘴走了；到了导医台正好看见工作人员在看手机，询问能否借用一下，工作人员回复手机停机了；无奈的她又找了一个工作人员，最后这位好心的工作人员给了她五毛钱让她打公用电话，她才联系上了她的父亲。她在微信结尾这么说：现在电话费这么便宜，人手一个手机，但是找个人用手机打个电话，怎么就这么难？

为什么借一个电话会这么难？在信息四通八达的网络上，我们看到过很多通过借手机被骗的事例。有因为被打电话，话费被转移走的；有妇女因为被借电话，导致中了迷药被卖的。虽然不知这些案例真假，但多少都给现代人的心里加了疑心剂。人与人之间的信用，就在这些被骗的案例中，一点点地磨掉了。可是，大家想过吗？

在现实社会中，这些被骗的经历毕竟是少数，遇到真正的难事却会经常发生。在医院里四处求借电话的那个人如果是你，你可以想象心底的焦躁和不安吗？把手机借给对方用一下，只是举手之劳而已，我们的内心什么时候戒备心就那么强了呢！好在最终还是有人伸出了援助的手，用五毛钱解决了朋友的电话问题，虽然没能借到手机打电话，五毛钱的公用电话一样解决了朋友的困难。朋友说，抱怨归抱怨，还是得感谢最终伸出援助之手的陌生人。

诚然，我们都被骗过，也痛恨骗子的恶劣行为，可是，这样的骗子毕竟是少数。所以，请别让被骗的经历堵塞了你的心灵，不要让一颗善意、温软的心变得坚硬和淡漠，在别人需要帮助的时候让我们还能友好地伸出援手，不做冷漠的那一个看客。用善良对待真正需要帮助的人，用智慧对待骗子的虚假行为。假如真的无法判断清楚，请只在力所能及的范围内施以援手，如此，世界才会越来越温暖。

— 不负光阴，微笑向暖 —

四月春光掩不住，姹紫嫣红娉婷来。春幕揭开了百花争艳的时光，春色渲染了桃红柳绿的光阴，置身其中，身心沐浴在浓浓的春光之中，不由自主地便会露出会心的微笑。馥郁的花香，是春天的妩媚，染在了微张的唇，笑意便含了花的芬芳；温暖的阳光，是春天的法宝，催醒了冬日沉寂的心灵，微笑便容纳了春日的温暖。不负光阴，微笑向暖，在这流转的光阴里，每一刻的时光都充满了春日的温暖。

对于每个生命，时间总是太过宝贵。从嗷嗷待哺的婴儿到白发鹤颜的老人，也只不过短短几十年的光阴，而这春光，也是匆匆便流逝而去。美景当前，让我们珍惜每一刻属于你我的时光。微笑着学会去感受生命的真谛，乐观的心态便会伴随左右；微笑着学会享受及时幸福，甜美的幸福便会围绕在身边；微笑着去和他人沟通，真切的情谊便会拥抱彼此的心灵。英国著名作家狄更斯说过，"只有在你的微笑里，我才有呼吸。"生命中的每一次发自内心的微笑，都是岁月长河中的一束馨香，拉近了人与人之间的距离，甜美了岁岁年年不停转换的光阴。

我愿用微笑打造友谊的桥梁，你在那头，我在这头，只需抿嘴一笑，便打消了时空的疏离。关系再好的朋友，也总有隔阂的时候，面对彼此之间存在的误会和小矛盾，不要轻易质问、发怒。先打开嘴角，让那一丝笑意传递宽容和理解，让那一份微笑打开心中的结。人和人之间，能牵手一段友谊也属不易，别轻易丢掉茫茫人海中不可多得的缘。

我愿用微笑拥抱亲情的饱满，我们继承着父辈的姓氏，遗传了他们身上的基因，这是几亿分之一的概率，才让我们能成为一家人。不要让不耐和冷淡充斥着家的空间，那一份温暖需要用微笑来填满，早起的时候，微笑着和家人道一声"早安"，愉快的工作和生活从这温暖的微笑开始；回家的时候，微笑着跟家人说一声"我回来了"，一天的疲惫在微笑中烟消云散。微笑是亲情的润滑剂，可以让血脉的纽带牢固地把家的温暖聚集在一起。

用微笑面对人生的困苦，因为这个世界还有人在枪林弹雨中生活，他们流离失所、妻离子散，艰难地活着；用微笑面对工作的压力，因为这个世界还有人过着起早摸黑、风吹雨淋的日子，他们的肩膀承受着的生活压力，远比都市白领多得多；用微笑面对社会种种复杂的关系，尔虞我诈、冷漠疏离、你欺我骗，只会让社会走进恶性循环。多一份微笑，多一份温暖，世界才会更加美好。

　　春色浓烈，春光缱绻，在这良辰美景，让我们用微笑打开胸怀，拥抱春日的暖阳。不负青春对生命的热情，不负光阴对人生的眷恋，用微笑书写人生的精彩。

－ 一树繁花生暖香 －

时光煮雨，光阴织韵，如烟春色，就这样轻飘飘地洒满了人间。

青山知了春意，便把翠绿的帷幕铺展；春花懂了春心，便把醉人的芳香倾洒。明丽的枝头，含着岁月的芳菲，点缀了春日的韶华。舒展开的绿叶，仿佛蒸腾着青春的朝气，倾心与春日的暖阳对话；张开花蕊的春花，仿佛织染着青春的妩媚，妖娆着春日的热闹时光。

清风袭来，花香阵阵，那一树灼灼桃花醉了春光的眼，媚了春色的眉。陌上花开，时光悠远，走过一片盛开的桃林，身上似乎便带了花的香气。桃花艳艳，芬芳十里，令人沉醉。置身于花海之中，连呼吸都带上了花的清香。不愿从花香中离去，不禁对着一大片美景冥想：假如一片桃林之中，只有孤零零的一朵桃花，又怎能花香十里，又怎有一大片桃红装点大地的新装。

春天的路上，走过一树树怒放的玉兰，远远地便移不开目光。

一树粉色馨香满枝、一树白色玲珑有致、一树紫色荡气回肠，每一朵都聚拢着微香，在枝头尽情绽放。于是，春天的时光有了氤氲的芳香，驻足的脚步有了浓郁的芬芳。不愿去想，这一树挂满枝头的玉兰如果只有一朵，该是怎样的孤寂和清冷。仿佛，只有春天的绽放，才让那一树繁花生了暖香。

一朵花，香气淡雅，几不可闻；一树花，香气弥漫，馥郁扑鼻。一树繁花生暖香，不必细细地闻，那芬芳便钻进了鼻孔，走遍全身的经脉，打开我们的心灵。我愿做那一树繁花中的一朵，把自己微弱的芳香和其他花朵的香气聚集在一起，让人间处处可闻浓郁的花香。你只要迈步走过，闻一闻便可以排解心底的焦虑，摸一摸那色彩鲜艳的花瓣，便能释放内心沉积太久的压力。如此，春色满园，花香怡人，人间也美丽芬芳。

一个人，力量微弱，不足以道；一群人，力震山河，可定乾坤。我们可爱的祖国，就是我们赖以开花的那一棵大树啊！我们每一个人，都生长在祖国的土地上，中国的强大，是我们得以开花结果的营养。一树繁花生暖香，五十六个民族，五十六朵花，朵朵都开出了各自的芬芳。一朵花的芳香是微弱的，一个民族的力量是单薄的，只有五十六个民族都团结在祖国的大树下，才能开出一树的繁花，才能不断提升自己的力量，使我们的祖国更加繁荣富强。

一树繁花生暖香，我愿是那尽情开放的一朵，默默地散发着自己的芬芳。你一朵，我一朵，他一朵，千朵万朵在春的枝头盛开。如此，便花开满树，馨香满园。如此，我们的家园温馨四季，处处温暖。

－ 橄榄绿礼赞 －

风雨人生，那一抹动人的橄榄绿，感动了多少人的眼泪，温暖了多少人的心扉。你们用满腔的热忱保家卫国，你们用坚毅的生命奉献热血青春，你们，有一个响亮的名字，叫"军人"。

洪水中，你们用肩膀托起家园的希望。风，肆虐着你们的脸庞；雨，冲刷着你们的肌肤；泥，横扫着你们的衣裳……你们没有退缩，坚持奋战在抗洪第一线。你们用双手垒起一座座抵御洪水的堡垒，累了，就睡在沙袋上。洪水无情，军情动人。你们用小船把一位位困在洪水中的百姓平安救援，直到他们抵达安全的地方，来不及休憩片刻，便又重新跋涉在洪水救援的道路上。

你们用坚定的军魂守卫着祖国的边疆。长久对峙，寸步不让，你们用坚毅的眼神延伸边疆的坚守。你们把对亲人的思念化作力量，站好自己的每一次岗哨，任风吹雨淋，也要站成一棵挺拔的树，岿然不动。明亮的眼神可以穿透生命的力量，坚定的步伐可以传递忘我的精神，英勇地守卫着祖国的每一寸土地。

那一抹抹动人的橄榄绿，是最摄人心魄的色彩，染就了魄力和信仰，是祖国稳定、繁荣富强的希望。洪水、地震、海啸……在种种自然灾害面前，人类渺小得如同蝼蚁，生存都是问题。而每一次灾难的救援队伍里，都有你们忙碌而辛劳的身影。你们的背，背过了多少男女老幼；你们的肩膀，扛过了多少巨石粗木；你们的脚，走过了多少泥泞的土地；你们的腿，跨过了多少湍急的河水……一次次，你们是用精神在坚持；一次次，你们是用生命在战斗。

那一抹抹动人的橄榄绿，是最生动的生命颜色，倾洒着青春和热情，是人民安定、幸福的依靠。你们把每一个普通的日子当成了人生的战场，时刻准备着挽救国家和人民的财产。你们无数次冲进火海进行救援，不惧浓烟，不怕烈火，像钢铁战士那样无畏地冲进去；你们无数次在山林里搜索生命的特征，跌倒了，爬起来，不放过每一个细微的角落……你们是每一位母亲最骄傲的孩子，也是英勇的人民子弟兵。

巍峨的八一军旗下，那一身象征着和平和英勇的橄榄绿，是铁血战士的盔甲；响亮的军歌声中，那一身维护着尊严和大爱的橄榄绿，是热血青春的堡垒。那一张张年轻而坚毅的脸庞，血液里流淌着"爱护祖国，保卫家园"的坚定信仰，不容任何人侵犯。

走正步，挺胸膛，一首礼赞送儿郎；军号响，军旗扬，勇敢的战士在四方。今天，我要唱一首橄榄绿礼赞，送给年轻的战士们，因为你们无愧于那一个响亮的名字，无愧于祖国母亲的嘱托。

－ 每一个与爱有关的日子都是520 －

　　我可以想象，520 当天的朋友圈一定充满了爱的宣言，那些罗曼蒂克的文字一定泛着浪漫的粉色泡泡，不断吸引着人们的视线和心灵；我可以预料，大街小巷一定可见娇艳的玫瑰花飘然而过，那个送花的车手一定带着笑容风驰电掣地将顾客的爱意传递。

　　520，我爱你，不知道哪位前辈用数字的视角揭示了爱的宣言，也拉开了一个新节日的序幕。5 月 20 日，这一个原本很普通的日子，于是便有了和七月初七、2 月 14 情人节比肩之势。是爱情的魔力，让这个日子有了不一样的风景；是爱情的甜美，让这个日子有了不同寻常的欢喜。

　　我爱你，这是全世界最美的语言，是最让人心动的情话。我们用"我爱你"来追求一份爱的甜蜜，我们用"我爱你"的誓言步入婚姻殿堂，我们用"我爱你"来书写白头到老的传奇……我爱你，说出这句话的时候，心都是湿润的。我爱你，我愿温柔对待每一个与爱有关的日子。520 不是一串数字，更是一份真爱的誓言，让"我爱你"走进生活中的每一个日子。

每一个与爱有关的日子都是 520，愿争吵和疏离隔离在生活之外。懂得，是人生最美的缘分。于千万人中，能找到一个彼此倾心的爱人，是前世奈何桥上千万次回眸才得来的缘分。若不珍惜，一味地在矛盾中争吵不休，把原本应该充满甜蜜的日子过得一团糟，岂不是辜负了那一份来之不易的缘。

每一个与爱有关的日子都是 520，愿欣赏和信任填满爱人的心房。相知，是爱情最美的养分。十年修得同船渡，百年修得共枕眠，十指交握的是温暖，双臂拥抱的是暖心。相知，会让两个人朝着同一个目标前进，手牵手迈步走向美好未来。

每一个与爱有关的日子都是 520，愿理解和宽容荡漾在生活之中。相惜，是爱情的保鲜剂。琐碎的日子充满了柴米油盐，两个有独立思想的人终究会因为意见不合产生矛盾。磕磕碰碰的日子里，多站在对方的角度想问题，多给对方一些自由的时间。爱，不是枷锁，要把个性锁在婚姻的牢笼。

520，我爱你。愿每一个与爱有关的日子都是 520，充满岁月芬芳，滋润彼此的心灵。让每一个白天和黑夜，都浸染着一份真爱的养分，让彼此相爱的心灵在爱情花园里繁花似锦。

- 茶韵悠长，情暖心上 -

　　去深圳出差，同学邀约去他办公室小坐。办公室有一茶桌，上面放着一套精致的紫砂壶茶具，茶具下面的托具可以直接把水流引到地上的水桶，因此洗茶具、倒掉第一杯茶都很是方便。为迎接远方来客，自然会拿出最好的茶招待，他不容分说，便给我烧了一壶茶，听得水烧开的声音在安静的办公室噗噗作响，时光在这一刻似乎就慢了下来。我原本并不是好茶之人，饮茶也不过入乡随俗罢了，但看到他认真地添水、洗茶杯，又小心给我倒茶，便不由自主地多了一份感动。此时，不管是龙井还是铁观音，不论是红茶还是绿茶，对我来说，滋味都是一样地浓郁。淡淡的茶水含在嘴里，浓浓的友情沉在心间，随着这经年的茶香芬芳久远。

　　还有一次去上海，见了一位十多年不曾联系的朋友，我们约好在一个茶室相见。久不见面，却并无生疏的感觉，温暖的笑容依然熟稔地令人心安，仿佛岁月不曾流逝过。茶室的人并不多，正好适合轻言慢语，一起回味当年的点滴记忆，想念我们一起玩乐的那些朋友们。一杯绿茶，几碟小点心，灯光柔和，时光静美。在一杯茶的光阴里，翻开时光的记事本，那些青春的故事便流淌在这一杯清茶里了。喝一口，心里满是回味，那些欢乐的时光在唇间温柔地洗刷着；再喝一口，突然就生出一颗欢喜的心，欢喜着这深情的网络再次把故人送到身边；再喝一口，沉静的心灵里飘荡着茶的氤氲，旧时光里的爱恨情仇便烟消云散了。感谢岁月留下的这一份情谊，在这一杯茶的时光里再现。

同学聚会，朋友相约，都渐渐地喜欢安排在了茶馆。那里的清静，仿佛可以扫去世间的尘埃，让人把心放平，安于这一刻的宁静。林清玄大师曾经为了心中的禅，专门去寺庙修行三年，后因红尘未了又回到山下。我们没有那样放任自己离开世俗的勇气，也没有那么多的时间用来去悟一份人生真理。时光太过宝贵，我们没有大把大把的光阴可以挥霍，只得在尘世之中继续挣扎。好在，还有这一刻宁静的时光，让我们坐拥心灵的释放，厘清工作和生活中的千头万绪，等喝完这杯茶的光阴，我们仍然需要继续上路。

除了茶馆之外，茶餐厅也深受大家喜爱，有一次我们干脆把同学聚会放在了茶餐厅，喝茶、自助餐、棋牌室，第一次玩的那么放松。茶水是可以续杯的，不必担心这杯喝完了时光又要恢复到烦乱的日子里去；自助餐，品种丰富，自己可以随意去取用，可以就着自己的喜好去选择；棋牌室，供大家放松的地方，一手茶水一手玩牌，和杂事说再见，在轻松娱乐的氛围中，度过一段欢乐时光。

部门出去旅游的时候，几乎人人买了一盒高山野菊茶，只在茶杯里扔进去几个小花骨朵，便能清香一个办公室的白天；有朋友送来两盒雪菊，在办公室放了很久，直到有一天我兴之所至喝了一杯，清香洌艳，恰好有同事经过，便顺手把另一盒送了给他；有一阵子一心想要减肥，每天在办公室喝普洱茶，却不觉有效，被同事取笑：你又不胖，还要减肥？又一阵子，同事说喝花茶好，便又买了玫瑰花茶，又能养颜美容又能享受花茶的芳香。如此这般，办公室便总有喝不完的茶。

或许谁也不会想到，我喝得最多的竟然是哺乳茶。产假结束刚上班不久，发现自己的奶水有减少的趋势便四处求取经验，试图能增加一些给闺女吃的奶水。然后，在朋友的推荐下上网上买了这一款中药哺乳茶，效果似乎有一些，但不那么明显，只是慢慢地养成了习惯。每天早上，刚到办公室，我便去开水房把哺乳茶泡上，盖上杯盖，让茶在沸水的滚烫中慢慢生出中药的淡香来，这杯哺乳茶从早喝到晚，从浓重的茶色喝到白开水的淡色，直到下班回家。

有人把人生比喻成一杯茶，初起芳香清淡，渐渐地浓烈起来，最后又化成清淡的味道，直到再也尝不到茶味。仔细一想，果然如此。欢畅的童年，浓烈的青春，淡泊的中年，平淡的老年，如茶之味，随着岁月的变迁而变换。如今，爱喝茶的人已经越来越多，在这悠长的茶韵里，同学之间的友谊、朋友之间的交情、同事之间的友情、母女之间的真情，都在这韵味里沉淀为最美好的点滴。一杯茶的时光，不必太深情，光阴恰好，情谊常在，这样的岁月便是你我所喜悦的了。

－ 愿梦想的光常在 －

公司一位同事要离职了，问他去做什么，他回答说去当潜水教练。我听了一懵，一所名校毕业的硕士生，在通信公司也能拿年薪20万以上的设计师，竟然要转行去干八竿子打不着的潜水教练？他的直接领导极力挽留，并且拿出我左手技术右手写作专业爱好都不耽误的案例来劝说他改变主意。他笑笑：我只想趁年轻的时候去追求自己的梦想，否则日后会后悔的。最后，他还是离职走了。趁着梦想的光还在，去追逐人生的价值。我不由感喟：年轻真好，有梦想真好！

一位大学女同学在朋友圈发了一组美照，背景是国际舞蹈洲际对抗赛现场，照片中她和一名外国搭档跳起了优美的国际标准舞，最终凭借着努力和天分获得了第二名的好成绩。我的这位女同学，大学和我一个专业，学的都是枯燥的电磁场与微波技术，后来她又上了北京邮电大学的硕博连读，可谓是通信行业的精英。可她在工作没几年后就辞职了，那时候，工作带给她的已经不是享受，而是在浪费时间和生命的感觉。辞职后，她就练起了舞蹈，从小区的广场舞、扭秧歌开始，凭借着小时候学过舞蹈的基础，慢慢地开始享受舞蹈带来的喜悦，也走上了舞蹈的专业道路，考取了舞蹈老师的资格证。从她的身上我看到：只要有梦想，你就去追逐吧，你的起步永远不会晚，只要梦想的光还在。

最近每周五晚上我都要看一档音乐选秀节目。看着那些追逐着梦想站在舞台上的歌手，心里不由得为他们鼓掌。他们有的是小学数学老师，有的已经年近花甲，有的是菜市场卖鱼小贩，有的是开火车的司机……无论来自何方，无论从事什么职业，他们都有同一个梦想，那就是热爱音乐。他们怀揣着梦想，走向比赛的海选，一步步走向舞台。其间肯定也有很多人在海选中就失败了，那又有什么关系呢，梦想的光芒还在，就会让生命的存在更有意义。

曾经看过一篇文章，有位农民写了几麻袋的诗歌，但从来没有发表过。著名作家余秋雨评价他，"我看你还是放弃吧，几千首诗都没有发表的机会，应该是真的不适合写作"。诚然，余秋雨的评价是有道理的，可是他的出发点是诗作发表乃至成功。在我看来，梦想不一定要成功。梦想的光芒可以带来身心愉悦的感受，是能让自己的生活变得充实而有意义的事。热爱写作，不一定以发表为最终目的，只要这份热爱还在，哪怕只有一个读者，也可以让自己感到欣慰。那位农民，如果一旦放弃了写作的爱好，茶余饭后也和其他人一样喝酒聊天，打牌打麻将，那样，和坚持写作比起来，哪种更有意义呢？

　　愿梦想的光常在，让人生更加充实，让生命更加厚重。别放弃，安心地沿着梦想的光芒指引，去做自己喜欢的事，专职也好业余也罢，只要有梦想，就有追求的动力。梦想可以充实自己的生活，可以让时间不再乏味和空白；梦想可以愉悦自己的身心，可以让心灵充满欢乐。哪怕不成功，也不是对时间的浪费，因为，在追逐梦想的过程中，坚持、努力就已经是对生命最好的诠释。

02

在水墨四季里感受美好

水墨四季，年华更迭，每一个日子，都是生命中最美好的时光。

以墨作画，把四季的风情刻写在生命的年轮里。

春夏秋冬，每个季节都饱含着生命的畅想；

元宵、夏至、腊八，每个节日都深藏着岁月的深情。

－ 在水墨四季里感受美好 －

　　我不懂得如何欣赏一幅画，线条、构图、技巧等，对我来说都是太专业的东西，陌生而遥远。我只喜欢看那一幅画呈现给我的美感，透过水彩的氤氲品赏画布里的韵味，通过色彩的绚丽品味画风里的意念，通过画的景致欣赏世界的纷繁。诚然，我是一个极度肤浅的看客，不懂画的优劣，单纯地用自己的眼睛去对比美和丑。显然，千岛老师的画作让我发现了这份美，使我这样一个对绘画艺术并不热情的人也开始关注了他的画。

　　认识千岛老师是在一个微信群里，他会经常分享他的画作，有一天我忍不住问："千岛老师，我可以把您的画作用于我公众号吗？"有群友善意提醒，千岛老师是大学退休的教授，不太喜欢别人用他的作品。我诚惶诚恐，生怕遭到拒绝，没想到他很痛快地答复了我："可以的，你随意"。千岛老师的慷慨，倒使我不敢轻易把他的作品拿来当我文字的点缀，生怕我拙劣的文章降低了画作的品质。于是，长久以来，只做静静观赏。

千岛老师非常勤快，几乎每天都能从微信朋友圈看到他的作品，他还会简短地配上几句话，和画作相得益彰，令人赏心悦目。直到有一天，千岛老师找我帮忙：帮忙给四季系列写几句诗词，要拿去上海展览。我欣然翻阅着他用微信给我传来的作品，一饱眼福的同时被水彩世界的美妙所吸引。

明明是一幅静止的画，却从那水彩的缝隙里看到了动感。掩不住的春色在溪流中撒欢，看那调皮的水苔在水韵中爬行，听那欢快的水流叮咚敲响春的乐章。还有那在绿意中的黄色小野花，也悄悄地挤出来脑袋，要去追赶春天的华章。藏不住的春色，明媚了季节的篇章，在水彩的国度里肆意清欢。

水汽如薄雾蒸腾在湖光水色之中，弥漫在水上的凉意扑面而来。近处缥缈的水草在吐纳夏季的清凉，远处矗立的群山在收纳夏季的凉意。此刻，我站在夏季的风景里看岁月的光影，时光在水彩的世界淘气地探出脑袋，寻找着令人难忘的夏日妩媚。这一夏的风景，在这画作之中，缥缈成岁月的华章。

秋，最是斑斓的季节，树影婆娑，灌木婀娜，对比浓烈的色彩渲染了整个秋季。浓的是水彩，淡的是尘世。看的是画布，品的是人生。似乎杂乱无章的灌木丛，围绕着一两根不见枝叶的树干，在河岸边张望秋天。橙黄色的枯叶，在风中摇摇欲坠。红色的枝叶，点缀其中。以这一角落的秋色，窥得一个季节的浓烈。站在秋的边缘，画家的水彩不需调色便已绚烂。

当雪的使者飘过江南，一拢水袖间泼洒了大地的苍茫。杂草萧索，群山寡淡，依稀可见水中的倒影，那是岁月的痕迹在水底摇晃吗？于是，那晃荡着一季的思绪，不由自主地跌入了时空的隧道。江南的雪，素来满含柔情，那一束野花还未凋零，雪花已急急赶来要一亲芳泽。草色已渐萧瑟，白雪挂在上头，仍掩藏不住那一抹不舍离去的绿意。江南的冬天，就是这样神奇地把雪白赋予迟迟不愿离开的绿色。而这些，都在画家的笔下有了灵动的韵味。

画家的调色板啊，是多么神奇的东西，只用一支笔便涂抹出了四季的风采。而我，单薄的文字终究不能给予最恰当的诠释，好在我还有一双感受美好的眼睛，可以把这些美好的画作如同影片复制到我的心灵里。

− 立春，冬日留白的眷恋 −

明明仍是寒风凛冽，冷意袭人，立春时间却已翩翩来临。立春，农历二十四节气的元首，候东风解冻，待蛰虫始振，等鱼陟负冰，在冬日缓缓离去的脚步里，要把那冷意驱逐，要把那春天的暖意送给大地。人们用吃春饼或春卷来庆祝春季的开始，庆祝从此可以逃离寒冷的冬季，迎接鸟语花香的春天。勤于农事的农人，在立春之后便耕耘播种，"万物苏萌山水醒，农家岁首又谋耕"，种下的是种子，收获的是人生。

季节转换，光阴缱绻，明明还未闻见春的气息，春的使者却已经向大地提前来报到。土壤伸开了懒腰，冬眠已久的根枝期待着破土而出；溪水张开了怀抱，迎接着沉睡太久的柳枝把希冀低垂。此后，大地回暖，暖阳喜人，世间万物有了复苏的节奏。为迎接春神的归来，人们通过"迎春"的活动来表示对春天的欢迎，"一年之计在于春"，这个时节，从冬季的慵懒里走了出来，在乍暖还寒的日子里，埋下春日的希望。

　　遥看岁月凝露，画布沉香，冬日的萧条还未散去，春的调色板也还未安置完毕。立春的到来，原是春姑娘要来做调色的准备，要把冬日荒芜了的世界来添彩。那一树光秃秃的灰色，要涂上绿色的新装，点缀在时间之中。那一地荒芜的枯黄，要抹上五彩的颜料，用那色彩鲜艳的春花来装点大地的苍茫，让绚丽的色彩挤走冬日的萧瑟。

　　时光清浅，雅韵展现；风声过后，鸡鸣入耳。原是锦鸡来报喜，要把大地来安暖。用青春的锦瑟年华织一匹"吉祥如意，富贵安康"的锦绣，春色的花瓣朵朵坠入人间，仿佛低首含眉笑眸流转的花仙子。原是春姑娘提前派出了花仙子，播撒春花的种子，要把时光来绚烂。

　　锦绣未央，新春来贺；春暖大地，冬已无声。梦想总在春日起航，希望总在春光里沉淀，立春的到来，点燃了季节的希望，推动了时光的梦想。不久的将来，脱下厚重棉袄的人们开始在春色旖旎中享受春光。

　　立春，冬日留白的眷恋。一份深情，诉诸春风，止于冬念。冬的脚步，转身离去，留下那一份空隙来填满春日的渴望。渴望那一缕春日阳光照进冬日里荒芜了的心灵，渴望那一丝春风拂过冬日里寒冷的心扉，渴望春天里那五彩的春花芬芳冬日里空虚了的心灵，把冬日的那一份留白来填满。这是一份冬日离去之前深情的眷恋，回眸之间，情深不可言说，交错的脚步里满是时光的思念。

– 月圆夜，元宵佳节庆团圆 –

农历正月，古称元月。夜晚时分，古称为"宵"。所以一年中第一个月圆之夜，也就是正月十五，早在 2000 多年前的西汉，汉文帝已经把正月十五定为元宵节。从此，元宵节成为中国的传统节日，流传至今。在这个节日里，人们通过吃元宵、猜灯谜、舞龙灯等一系列活动，来庆祝元宵佳节的团圆。

在很多穿越小说或者历史小说里，我们也常常看到男主角邀约女主角元宵节赏花灯的情节。因为，元宵灯会在封建的传统社会中，也给未婚男女相识和增进相互了解提供了一个很好的机会。那时候，年轻女孩足不出户，也只能在过节的时候才有机会结伴出来游玩。元宵节赏花灯正好是一个交谊的机会，未婚男女借着赏花灯顺便可以为自己物色对象，在这夜晚的同行中，圆了年轻男女对爱情的渴盼。因此，元宵节也有中国的情人节一说。"众里寻他千百度，蓦然回首，那人却在灯火阑珊处"，描写的就是元宵夜男女相恋的意境。传统戏曲陈三和五娘元宵赏灯时一见钟情，是爱情的圆，把缘分相连；

乐昌公主与江南才子徐德言在元宵月夜破镜重圆，是婚姻的圆，从此幸福圆满地共度余生。

　　经历了两千多年的历史风霜，如今又是一年元宵夜。喜庆的圆灯笼挂起来了，一屋子的红火似乎燃烧着生命的希望。自古元宵便有团圆夜一说，"闹元宵，煮汤圆，骨肉团聚满心喜，男女老幼围桌边，一家同吃上元丸。"一家人，围坐一桌，喜气洋洋庆团圆。一对红火的蜡烛，烟火摇曳，祭拜祖先；一杯醇厚的小酒，敬爹娘，敬兄长；一碗圆圆的元宵，喜重逢，庆团圆；厅堂里的大圆桌上，几碟凉菜，几盘热菜，菜式丰富、鱼肉俱全。在隆重而又喜庆的氛围里，一家人，和和美美过新春，团团圆圆庆元宵。

　　"谁家见月能闲坐，何处闻灯不看来。"吃完饭后，一家人相约着出门，在明亮的圆月之下看乡亲们舞龙灯。在水岸边，一群小伙子们一圈一圈画着圆圈，挥舞着龙灯走过来了，长长的龙灯，沿着乡村圆圆的小池塘蜿蜒前进，上下左右起伏波动，似一条水练曲折前进。不大的池塘、热闹的人群、片片烛光里一条元宵龙灯蜿蜒在水面之上，随着鞭炮声起伏前进。此刻，水波激滟、灯光闪烁、月影婆娑，光与影的韵律随着龙灯的飞舞而分外美丽。天上的圆月高挂，地上的龙灯飞舞，相映成趣，人们看得痴了，脚步久久不愿散去。

　　不论南方还是北方，都会用吃元宵的风俗来庆祝这每年的第一个月圆之夜。圆圆的元宵，代表着团圆，糯米粉制作而成，里面可以包上各种馅，香糯可口，十分美味。现在生活条件优越了，馅的种类也丰富了起来，芝麻、枣泥、山楂、果仁、豆沙、水果，可以说，你想吃什么馅就可以包什么馅。当然，传统的芝麻馅几乎是必吃的，那份香甜的味道，一度是人们的最爱。

元宵，一年之中的第一个月圆之夜，在年的轮回中拉开了新的序幕。佳期如梦庆团圆，陪父母再吃一顿丰盛的晚餐，圆了他们儿女绕膝子孙满堂的幸福期盼；陪孩子看一场美轮美奂的龙灯表演，圆了他们左手牵父右手牵母一起休闲娱乐的心愿。让这月华如水的夜晚，成全一家人的团圆美满。让这佳期如梦的时光，深深地烙刻在团圆的喜悦里。人生，便在这幸福的时光里，得到了圆满。此后，踏上新的征程，便有了无比的力量，挺起胸膛昂首阔步继续寻找人生更多的精彩。

－ 拥抱春色，感受温暖 －

仿佛一夜之间，春的脚步就进入了我们的视野。溪水泛起了春绿，清风摇动的涟漪，温柔地传递着春天的消息。细柳弯下了腰，嫩绿的细芽探出了脑袋，试图亲吻春水的秘密。岸边一茬又一茬的迎春花，争先恐后地张开了欣喜的翅膀，如蝴蝶翩翩飞舞在春天的光阴里。还有那在湖面上游来游去的鸭子们，仿佛也感受到了春天的温暖，迫不及待地在水面上跳起了动人的华尔兹。在这迷人的春色里，人们深深地醉了，陶醉的心灵感受着春天的温度，那么温暖、多么舒适。

春意袭人，春风悄悄把温暖相送。在冬季里蛰伏太久的脚步，不由自主地跟随着这舒适的温度走出了户外。孩子们已经脱下了棉袄，一身轻便的春装使得他们更自由地在阳光下奔跑。刚学会走路的孩子们，也毫不犹豫地迈开了步伐，那蹒跚的脚步，走几步便会回头看看妈妈，口齿不清地一边叫着妈妈，一边张开了小手等待着妈妈温暖的怀抱。看着孩子们眉开眼笑的小模样，心里便不由自主地涌起一阵暖流。

生命的延续，是人类繁衍生息的希望。孩子们的快乐，正如这春天，给万物滋养了生机一样，给我们的人生增添了希望。大手牵着小手，走在春天的阳光下，感受着春天的温暖，在尘世中被打磨得坚硬的心又恢复了温软，他们的一颦一笑都给我们的人生重新注入了生命的热情。

公园的每个角落，都能探寻到春的温暖。一群少年正在公园的足球场上踢球，其中一个摔倒了，立马有另外一位少年上去扶起，那关切的眼神传递着友谊的温暖；一对恋人正你一口我一口地分享着冰激凌，女子娇羞的模样分明是春天的景致；一个坐在轮椅上的老人闭着眼睛在晒太阳，斑白的鬓角依稀可见满足的笑意，年轻的女儿轻轻地敲打着他的双肩，一幅父慈女孝的幸福画面；小广场上，老人们跳起了广场舞，一步一摇，一转一扭，哪里还是老态龙钟的模样，分明是一种青春正傲娇的姿态。

冬日的寒冷，让我们躲在屋里取暖，慵懒太久的我们仿佛忘记了春天的温度。焦头烂额的工作，似乎总也忙不完；生活中的琐碎，似乎总会让我们火冒三丈；长久奔波于公司和家之间，疲惫、懈怠、逃避等种种负面情绪在冬天的清冷里碰撞着我们的心灵。好在，春天真的来了，花的芳香已经填满了空气，水的涟漪已经打开了时光的大门。让我们卸下心里的包袱，走出家门，去呼吸芬芳的空气，去感受阳光的温暖，把热情、积极、坦然的态度再次请进我们的生命，让春天的温暖和希望再次包围我们。

　　人生的幸福，正如这春天的温暖，需要我们用心去感受。享受这美好的春天，感受这温暖的温度，这就是人生的及时幸福。这一刻，让我们张开怀抱，拥抱春色，放飞心灵，感受温暖。那么多动人的景致，还有那些真挚的友谊、热烈的爱情、温馨的亲情、不老的心态，都在春日里开始发酵出舒适的温度，带给我们温暖的感受。

－ 清明泪，念故人 －

和端午、春节、中秋并列为中国四大传统节日的清明节，也是二十四节气中的一个。《历书》记载，"春风后十五日，斗指丁，为清明，时万物皆洁齐而清明"，位于仲春和暮春之前的清明一到，气温便开始升高，正是春耕的好时节。

除了节气之外，清明，是一个祭祖和扫墓的日子。清明前后，陵园附近比往日要热闹很多，卖祭祀用品的和出售白菊等鲜花的生意好起来了。车水马龙，似乎只朝着一个方向，那是去祭奠的路。点上香，让飞烟绕梦，把亲人的思念带去另一个未知的世界；烧上纸，让纸化成灰，把亲人的心愿送往另一个无法抵达的世界；捧一束白菊，放于墓碑前，让这花的清香陪伴远去的故人。坟上小坐，与故人说说话，念叨念叨生前的点滴，唠叨唠叨故人离世后的日常生活。不同的时空，已再无面对面交流的机会，这自言自语也是对故人的一种怀念。

清明前后似乎总有一场雨，来打湿亲人的悲伤。"清明时节雨纷纷，路上行人欲断魂。"前往扫墓的路上，又有多少人在回忆的幕帘里陷入悲伤？曾经熟悉的一颦一笑，曾经亲密地牵手拥抱，曾经语重心长地细细叮咛，在脑海里逐渐清晰起来。时光，削减了悲痛的程度，却不会抹去存活在心里的记忆。在这样的日子里，怀念那些离开了我们的亲人，怀念那些再也无法触摸的音容笑貌，怀念那些一起拥有的日子。这份怀念，在日常的琐碎生活中被磨淡了，在这个纪念逝者的日子里，又重新走进了我们的心灵。

时间是治疗悲痛最好的药。亲人刚离世的时候，最是悲痛欲绝。痛哭流涕、捶胸顿足、涕泪横流，各种心理使身体做出的反应，都让我们体验着巨大的悲伤。夜深人静的时候，还会不自觉地发呆，或者总期望着这是一场梦，梦醒了，生活可以回归原来的轨道。随着时间的过去，这种悲伤会越来越淡，到了最后便成了习惯。一天又一天，生活照样过，过去的悲痛不再成为今日的牵绊。只是，在清明这个特别的日子，还有一些思念的情愫依然会爆发。

思念多了，梦，便轻飘飘地"上演"了。夜色中，梦境恍若真实，仿佛那个思念的身影就在身边。梦里，听见了熟悉的声音，看到了熟悉的笑容，时光似乎不曾远离。醒来时，却发现，一切还是老样子，原来只是空欢喜一场罢了。我们常常不自觉地念叨，"如果他还在，能看到我的幸福，那该多好。"我们常常这么臆想，"如果她还在，一定希望我这么做。"世界原本没有如果，生与死之间根本没有可以自由来去的桥梁，一切都只是我们的奢望。

清明泪，念故人，又是一年清明节。愿饱尝思念的亲人放下手中的工作，在回味的时光里寻得一份心灵的清静。

– 夏至，日长之至 –

　　二十四节气中最早被确定的一个节气——夏至，时值麦收、江南梅雨的季节如期而至。"日北至，日长之至，日影短至，故曰夏至"，夏至这一天，太阳直射地面的位置到达一年的最北端，是一年中白天最长的一天。夏至是太阳的转折点，就像一条分割线，把太阳直射点从北回归线往南移动。

　　时值麦收，农人们拿起镰刀，收割着收获的喜悦。金黄的麦浪，在明亮的阳光下波涛起伏，随风飘荡的还有农人的欢颜和汗水。金灿灿、沉甸甸，是希望，是幸福。夏至节气前后的麦收，一度是以土地为生的农民最美的希望。他们的脸晒成了麦色，他们的嘴角弯成了镰刀，他们用勤劳的双手在土地上收割着人生。

　　江南回望雨纷纷，多少烟雨楼台中。江南的梅雨季节，总是在夏至前后缠绵不走。淅淅沥沥，雨帘遮目，河水猛涨，庄稼被淹，大人们看在眼里愁在心里。孩子们却很开心，踩着雨鞋在水里奔跑，更有趣的是还能在涨水的河岸边抓鱼。明明是洪水泛滥，波涛滚滚，在孩子们眼里却成了波澜壮阔的画面。洪水过后，江南的雨仍不停歇，河水奔腾不息，水库蓄水已满，雨仍不肯离去。直到太阳跑出来硬是把雨幕揭开，才见蓝天白云下的江南，美得令人沉醉。

夏至之后，酷暑降临，气温愈发地高了。凉皮、凉面、凉粉又成了大家的新宠，吃一口，便觉得清爽无比；冰镇酸梅汤、冰镇啤酒、冰镇绿豆汤成了茶余饭后的饮料，喝一口，便觉得清凉了一夏；电风扇换成了空调，舒适的温度令人遗忘了屋外的炎热，闲时吃一块西瓜，翻一页诗书，便恍惚觉得这酷热的日子也没那么难熬了。

天空高远，星空璀璨。夏至之后，夜晚的星空则逐渐变为夏季的星空，高远、璀璨，抬起头，繁星闪烁、星空灿烂，再多的烦恼也烟消云散了。最爱仰望如此瑰丽的星空，那一闪一闪的星星仿佛是梦里的精灵，眨着欢快的眼睛，那里有童年向往快乐的梦，那里有少年追逐理想的梦，那里有青年奔向幸福的梦……人生的梦，在心海深处闪耀，一如这灿烂的星空照耀在我们前行的道路上。摇一把蒲扇，端坐夏夜晚风之中，一仰头便可见璀璨星光，仿佛有无数的惊喜在生命中闪烁，寂静的夜里，心灵便如星辰般明亮无比。

"洛下麦秋月，江南梅雨天。"遥望旷野麦熟收获的场景，回味江南滴答作响的梅雨季。"夏日清凉夜，星辰灿若明。"在冰水的世界里寻一季清凉，在寂静的夜里与璀璨星河同行。今又夏至，让我们在岁月中低吟浅唱，在时光中高歌猛进。

− 盛夏时光，一池荷韵送清凉 −

天高云淡的盛夏时光，火热的太阳散发着一年之中最热情的光芒，把炎热、酷暑、高温这些人们并不喜欢的词汇送给了夏季的时光。好在还有那一池荷韵吸引着人们的脚步，亲友们纷纷相互邀约：走，去公园看荷花去。

盛夏时光，正是荷花最妖娆的季节，高矮不同的荷花仿佛在空中跳舞，曼妙的身姿迎着风踩着细碎的舞步，在人们的目光中舞出一片惊鸿。日光在荷叶丛中穿梭，时而拍打一朵荷花的影子，时而揉碎一片荷叶的脚步，像极了调皮的孩童，在荷花丛中玩起了捉迷藏的游戏。盛放的莲花在阳光的沐浴下露出了千娇百媚的姿容，有的探出身子探出奔放的姿态，有的欲语还休半遮面，有的羞涩地微微张开花瓣，在荷枝上尽情释放着每一朵荷花独特的美丽。嫩黄的花蕊不甘寂寞地探出了脑袋，花蕾们正急匆匆地准备开放。放眼望去，绿茫茫的帷幕上闪动着一缕缕夏日荷韵，在清凉的风里忽隐忽现。

　　盛夏时光，正是荷花最妩媚的季节，色彩绚丽的荷花们仿佛在用颜料绘制一幅幅水墨画。素净的白围绕着俏丽的粉、艳丽的红染着苍翠的绿、娇嫩的黄牵扯着素雅的白……有的荷花喜欢孤芳自赏，躲在碧绿的荷叶之下，悄悄地给夏日送一缕清香，那是一幅安静的荷花自美图；有的荷花成群结队，好似赶集的姑娘们穿红戴绿地穿过大街小巷，那是一幅活泼的众荷百媚图；有的荷花成双成对出现在大家眼前，好似一双小姐妹亲热地手拉手在荷池中舞蹈，那是一幅双荷献舞图。凝目远望，清风送香，那一幅幅水墨画勾勒着氤氲的荷韵，在盛夏的光阴里悠长。

　　在北京，当属圆明园的荷花池最为吸引人。袅袅娜娜的荷叶在风中摇曳，娉娉婷婷的荷花在日光下露出绚丽的身姿。还有那两只在公园里安家的黑天鹅，悠闲地在荷花丛中游来游去，时而交头接耳，时而翩翩起舞，与缤纷的荷花丛组成了一幅动感十足的画面。岸上的人们纷纷拿起了手中的相机，都想用照片留下这珍贵的片刻，让这份记忆永久地存在心里。还有那些背着大家伙的摄影爱好者，扛着"大炮"一般的镜头，时刻关注着黑天鹅的动态，因为这荷韵满池的盛夏时光太珍贵了，他们都想拿出自己最好的作品回馈这大自然的美丽。

　　盛夏时光，一池荷韵送清凉，娇艳的荷花以一尘不染的姿态吸引着人们的视线。坐在水岸上，徐徐清风送来满池荷花的清香，呼吸之间，心便醉了。人生总有一些时光，视觉的享受可以丰盈心灵的感受，美丽的景致可以丰润岁月的苍白。此刻的心灵似乎沐浴在清凉之中，忘却了盛夏时光的炎热，远离了纷繁复杂的红尘。光阴就在这静谧里泛起涟漪，一圈一圈荡漾着盛夏的美丽。有水，有荷，便是这清凉的盛夏时光。

－ 秋未央，冬初至 －

　　树上的叶子还未落尽，枫红的、杏黄的、枯色的，挂在树上，飘在半空，落在地上，飘扬在多彩的图画里。深秋，似乎还未离去，在这落叶的轻声细语里，她满含深情地回头，再回头，脚步缓慢依依不舍。不期然与迎面而来的冬撞个满怀，站在季节的路口，秋与冬的一场邂逅，明媚了时光的眼眸。此时的风，已经夹杂着冬的气息，寒冷的因子开始四处流窜。街上，大衣、棉袄已经随处可见，艳丽的围巾也已经圈起了姑娘们纤细的脖子。时光渐冷，秋未央，冬初至。

　　不是只有雪花曼舞，才代表冬天已经来临。也不是只有湖水结成了冰，才发觉冬天的脚步临近。是的，雪花是冬天的使者，它的降临可以开启冬的心门；是的，冰花是冬天的烙痕，它的凝固可以扣响冬天的枪声。只是，在这秋叶未落尽，树丫上仍有成千上百的树叶在迟疑不去的时候，空气中的温度，已不再是秋季的凉意，刮过肌肤的时候，明显已经有了冬的寒意。

　　湖水还未结冰，一阵风吹过，便卷起一阵阵狂暴不安的水纹。它们一圈紧接着一圈地拍向水岸，一声声地抱怨着冷风的无情。落叶不甘寂寞地掉在湖面上，与水中的鱼儿追逐嬉戏。湖面上的野鸭，还在悠闲地游荡，一会儿在芦苇丛中玩起了捉迷藏，一会儿又游到水岸上晒太阳。阳光已不再热情如火，淡淡地洒在地上，似乎冬季是它最慵懒的时光，连影子的温度都是冰冷的。

　　这个季节，已经不适合在空气中发呆，哪怕没有雾霾，也会有狂乱的风吹乱你的长发，打散你的思绪。在草地上坐久了，裸露在外面的肌肤便会被风刮得瑟瑟的疼。就算还有阳光，也无法抵挡寒风的肆虐。在第一场雪来临之前，草坪还是绿的，在上面奔跑的孩子们却已经少了。人们都裹紧了大衣，匆忙而过，把寂寞留给还不曾枯黄的草地。

　　一场期待的雪还不曾来临，来临的只是让人苟延残喘的雾霾。出门的人一个个用防毒面罩捂住了嘴和鼻子，冬日的节奏只剩下沉重的呼吸。天是雾蒙蒙的，有时候能见度不足百米，高楼的大屏幕出现在黑雾里，以为看到了海市蜃楼，而这海市蜃楼却不是大家所希冀的。去年的红色预警导致各中小学放假的事似乎仍在脑海，孩子们被关在屋子里，老师微信布置作业、语音讲课，忙得不亦乐乎，也失去了多少户外活动的乐趣。

　　幸好秋的脚步走得很慢，依然还偶尔能看见天高云淡的日子，依然还能在绚烂的落叶中感受秋的深情。她脚步轻盈，不舍离去，绿色的草依然执着地点缀着草坪，树叶依然顽固地守在树梢，让人无法和冬天的景致联系在一起。光秃秃的树枝、枯黄的草坪，终究还不曾打破季节的节奏。

雪未至，冰未冻，秋未央，冬初至。供暖已拉开序幕。北方的冬季，干燥、寒冷，而屋里因为有暖气却温暖如春。于是，人们更多的时候愿意歇在家里，听听轻音乐、看看家庭影院，或者在跑步机上大汗淋漓。家，因为冬季室外的寒冷和室内温暖的强烈对比，使得人们在家待的时间更久，家也就更有了人情味。

许多人期盼着一场雪的降临，来成就冬的生命。可我更愿意守候在现在的时光里，秋未央，冬初至，雾霾还不那么经常光临，户外还不那么寒冷，抬头还能看到蓝天，低头还能看到绿地。在这柔情仍在的季节里，深情地守候着秋和冬正交错的时光，掬一把暖阳下的温度，温暖平凡而美好的人生。

－ 腊八，冬祭祈愿来迎春 －

寒气迎风烈，深冬诉情深，又是一年腊八到。

农历十二月初八的这一天，古称腊日，俗称腊八，是腊月的第一个节日。古时，人们借这个日子来祭祀祖先和神灵，祈求丰收和吉祥。腊的含义深刻，含有多种寓意。一寓新旧交替，腊月过后就是新春；二寓猎取禽兽祭祖神，以肉冬祭，供奉神明；三寓逐疫迎春，把去岁的霉运赶走迎接新春的万象更新。

似乎中国的每个节日都有着美丽的传说，腊八也不例外。传说农历腊月初八那天朱元璋落难在监狱里受苦，当时天寒地冻，食不果腹的朱元璋在牢房里瑟瑟发抖。为了御寒和饱肚，他在牢房里四处寻找可吃的东西，最后终于在一个老鼠洞里掏出了红豆、大米、红枣等七八种五谷杂粮，他顺利地把这些杂粮熬成了一锅粥，既填饱了肚子又暖和了身子。因为那天正好是腊月初八，朱元璋把这锅粥美其名为腊八粥。后来朱元璋平定天下，做了明朝的开国皇帝。

为了纪念在监狱的这一段艰苦日子，并感谢老鼠洞里的杂粮熬成的粥，他把这一天定为腊八节，并每年熬一锅腊八粥来做纪念。传说的真假，如今无从了解，但腊八节日的沿袭给了我们充分的历史厚重感。

腊八这一天，各地风俗虽有差异，但大多地方都保存着喝腊八粥的习惯。这几天，超市的腊八米明显火了起来。人们为了图方便，直接去超市里购买腊八米，其中包含大米、花生、绿豆、红豆、莲子、百合、黑米、糯米等十几种五谷杂粮，不必自己在家里东拼西凑，很是方便。买回来之后洗净用水泡一宿，早上起来用大火熬到水煮沸，接着用小火熬，熬到了米液黏稠、蒸汽含香，就可以关火出锅了。现在城里已经很少有祭祀先祖的规矩，在农村，腊八粥是要先给祖先祭祀用的，留下来的才能给家人吃。

腊八粥大多地方在熬的时候都会加糖，因此熬成的粥甜而糯，香甜可口。也有少部分地区做成咸的腊八粥，至于味道如何，就不得而知了。我自小就爱吃甜糯的腊八粥，每次都眼巴巴地等着母亲盛一小碗给我，也因此跟着父亲祭祀的时候，心里其实急得百爪挠心，一心盼望着祭祀仪式早点结束，连跟着父亲祭拜先祖的动作都十分迅速，从来不拖沓。等到祭祀仪式终于结束了，看着碗里的那一碗熬成深紫色的腊八粥，嚼着莲子的清香、红枣的香甜、花生的糯香，觉得人生的美味也就不过如此了。因为喜爱，几乎每次都吃得迫不及待，母亲都会一遍遍地嘱咐"慢点吃，慢点吃"。后来，上大学去学校的火车上，多次以听装的八宝粥的美味来替代，但总觉得缺少了点什么。其实仔细想想，何止缺少一点呢，听装的八宝粥里没有节日的气氛，没有土灶的烟火，没有母亲的嘱咐，没有家的味道，缺少了这么多"食材"的八宝粥，又如何能替代心里的腊八粥呢！

进入腊月，过了腊八，年的脚步就越来越近了。锦鸡已经慢慢地抬起了头，做好了随时可以开始鸣啼的准备，来年的春天也快到来了。人们开始为过年做准备，打扫卫生、置办年货、裁剪新衣，好一通忙碌。那种伸长了脖子的盼望，在孩童心里开出来快乐的童年芬芳，过年的渴望似乎把冬季的寒冷隔离在了心门之外。

现在，城里的节日已经很难找到节日的气氛了，祭拜先祖的过程也直接被忽略了，新一代的孩子们恐怕再也无法参与这一过程，好在腊八要吃腊八粥很普遍地沿袭了下来。煮上一锅营养又美味的腊八粥，与家人其乐融融地享受全家一起喝腊八粥的幸福，何不来一碗呢！吃着这一碗甜糯的腊八粥，心里默默地祈福，祈愿来年风调雨顺、一切美满。

唇齿留香，岁月凝芳，今年的腊八，别忘了喝一碗香醇浓郁的腊八粥。

－ 大雪，冷冬里的一场白色盛宴 －

晶莹的冰花毫不羞涩地攀爬上了窗台，爬过的路上留下一朵朵精美的花骨朵，朵朵在倾诉着寒冬的深情。窗外，冬在顾盼流转，一挥手便是雪花飞舞，一转身便是寒风凛冽。落叶早已零落成泥，枯枝也被厚雪裹得严严实实，地上偶尔探出脑袋的杂草泄露了冬天的秘密。白色童话的王国里，看得见的是洁白和纯净，看不见的是生命的等候和寂寥。等候，是冬日里最漫长的希望，在雪花飞舞的空间里寂寥成殇。

大雪，冬季里的第三个节气，预示着大雪纷飞的深冬已经来临。"燕山雪花大如席，片片吹落轩辕台"，轻柔的小雪已经不见影踪，奔放的大雪在空中左顾右盼。她豪迈地踏过山川河流，把走过的地方撒下厚厚的雪幔，一路奔走一路高歌，把雪花撒过江南撒过华北。她肆无忌惮地在空中飞舞，曼妙的舞姿旋转着冬日的精灵，欢笑声洒落一地。竖起耳朵倾听，或许还能听到她与冬日深情的对话。她说她要把冬日装扮得堪比凌霄，她说她要把深冬的寒冷尽情释放，她说她要把深冬的热情收藏进她一个人的心里。哦，深情的大雪，骄傲的大雪，你是这么地钟情于深冬，你是这样地眷恋着深冬。你的手抚过深冬的唇，把生命里所有的热情都挥洒在了深冬的怀抱里。白茫茫的雪地铺成冬日的舞台，飞舞的雪花吟唱着冬日的恋歌。你把深冬变成了一场白色的盛宴，纷飞的雪花是白色的，大地上铺盖的积雪是白色的，树枝上包裹着的外衣也是白色的。

城市，从大雪的怀抱中醒来。早起的扫雪车，在交通要道上一路撒下化雪的盐。穿着醒目制服的环卫工人们，一铁锹一铁锹地守护着城市的马路。早起的车流，碾过雪，压过冰，战战兢兢地在路上穿行。上学的孩子们，小心翼翼地走在结冰的路上，每一个脚步都分外认真。等到了课间休息的时候，呼啦啦全部奔向了操场。这是冷冬里的一场欢乐盛宴。打雪仗的游戏玩起来了，你追我赶，好不热闹。可爱的、装酷的雪人们搭起来了，你推我挡，好不兴奋。把一片片雪花接在手心，任其在肌肤上呢喃细语。还有人在雪地里打滚，任衣服上沾满了雪花。还有人拿着树枝在雪地里画画，画梅花、画小鸭……呀，上课铃响起来了，大家纷纷跑进教室，身后只留下深深浅浅的一串串脚印，似乎时光的脚步把冬天留在了孩子们欢乐的背影里。

冬日里的村庄，渐渐远离了喧嚣。一场飘雪，把大地铺上了厚厚的地毯，田野里白茫茫一片。这是冷冬里的一场白色盛宴，高山上、田野里、房屋顶，全部都是银装素裹的模样。俏皮的大雪，把山野全部染成了白色，她把山上的松树、银杉、灌木全部都刷上了白色的奶油，把山林的底色悄悄地藏了起来。她又雀跃地跑进田野，把每一寸泥土都抚摸一遍，留下厚厚的白雪覆盖在上面。乡下的青砖瓦房，此刻飘进了水墨的画乡，黑色的瓦砾已经被白纱所笼罩，只有屋檐伸出来的龙头雕像还依然分得清张望的方向。晶莹的雪花，仍然在飘扬，落在结冰的池塘上，把凋零的残荷层层伪装。簌簌的雪花，仍然在飞扬，飞进了农家小院，与鸡鸭的脚印捉起了迷藏。

　　大雪，冷冬里的一场白色盛宴，她唱着冬日恋歌，踏着沉稳的舞步，正向我们走来。

－ 雪落天涯，落笔为念 －

仿佛一夜之间，大地换了新装，当初蓬头垢面的模样，一夜之间消失殆尽。如今，以雪为衣，以冰为妆，素颜淡抹清丽出尘，似乎举手投足之间，便能看见冬日落雪的优雅。

飘扬的雪花落在江南，你俏丽的眼眸顾盼生姿，你盛装的容姿艳丽繁华。小桥上低声细语，柳梢下浅唱低吟，以柔媚的歌喉哼一曲江南小调，婉转动听的小曲涤荡着这尘世的心。雪落江南，亭台楼阁也要细细梳妆，再见时已是精致的琼楼玉宇，在江南的雪景里若隐若现。

飞扬的雪花落在东北，你豪放的笑容毫不做作，你厚重的步伐踏实稳重。积雪厚发，鹅毛飞舞，吼一嗓子东北二人转，转眼呼出的气息也凝结成霜。雪落东北，冰冻成城，到处都是冰雪的世界，到处都是雪白的精灵。仿佛除了白色，这个世界再无其他的色彩。

纷飞的雪花落在高山，你攀登的脚步勇往直前，你无畏的眼神坚定地望向远方。山林里，呼啸而过的风与你捉迷藏，你旋转着落在松林里，又飞跑着歇在竹林间。高声呼唤，山的回声，开始清脆地与你对话。雪落高山，山林成了雪白的舞台，舞者是山林里的清风与山岩，没有观众，却也兴之所至。

飞舞的雪花落在平原，你宽阔的怀抱满含温暖，你昂首阔步走遍田野。平原上，一望无际的雪白充斥着可见的视野，土地深深地藏在积雪之下冬眠。偶有不甘寂寞的雪兔，摇头晃脑地出来探寻食物，稍有风吹草动，便倏忽跑得无影无踪。雪落平原，仿佛走进白茫茫的大海，以纯白的笔墨书写一个纯净的世界。

晶莹的雪花，对众生是平等的存在。她青睐高山和江海，也倾慕山地和河流；她钟情高楼与大厦，也向往公主房和小木屋；她喜欢和孩子们追逐游戏，也不忘抚平老人额头的皱纹；她愿作信鸽携去天涯海角的思念，也愿低首拥抱相聚的欢乐。

当雪落天涯，距离不再遥不可及，把一片思念寄予雪花，让她带去满腹的心事，把一份情思倾心表达。落笔为念，书一页墨香，含着心灵的倾诉，抵达对方的心灵。此刻，愿作雪花一朵，飞越千山万水，落在你的眉梢轻抚你的发丝。愿雪的洁白和纯净，洗去你的阴霾和落寞，在你生命里开出希望之花，期盼来年春光的灿烂。

　　白色苍茫，雪落天涯，落笔为念，锦书海角。用一杯茶的光阴，温暖此刻远方的故人，无论你在江南还是东北，无论你在高山还是平原，请让雪花捎去我的锦书，寄去远方的问候。

- 捧一朵雪花，写意人生 -

　　四季的轮回，把季节的指针拨给了冬天。风起的季节，心事渐冷，默然无语；落雪的日子，心事缠绵，欲语还休；冰浓的时光，心事冻结，轻语落寞。冬季的萧索，大地苍茫；冬季的落寞，树木凋零。还好，还有那一片片雪花，来增添冬的意境，为冬的萧索装扮一朵雪花的深情。因为雪花的柔情，灰暗的冬季有了明亮的白色，那一片片晶莹装点了冬季的美丽；因为落雪的深情，冬季有了新的活力，雪地里那一串串脚印注入了冬季的热情。

　　一片雪花的心事，在呼啸的北风里，谁能听得到她的轻声细语？她看见街头穿着单薄衣衫的小女孩，多想走过去牵着她的手走进温暖的家；她看见工地上干活的民工，粗糙的双手结满了老茧，多想变成雪花膏抹在那干裂的手上；她看见清理城市垃圾的环卫工人，在凌晨的夜色中踟蹰前行，多想飞奔过去接过他们手上的工具……寒冷的冬季，人们依然在为生活打拼。一片雪花，在空中飞舞，看到了城市的艰辛，听到了人们的叹息。

雪花的生命，是短暂的。从坚硬的结晶到浪漫的飞舞，从轻盈的坠落到失落的消融，少则不过一天的时间，多则也不过几天的光阴。看尽繁华落败，最终只能变成一滴伤心的泪，消失在土地的心脏里，这无声的哭泣，是对短暂生命的心碎，也是对这凋零的季节无奈的叹息。

捧一朵雪花在手，守护她短暂的时光里的消融，用最真的心对话最纯洁的灵魂。历史的长河滚滚而逝。个体的生命，在这翻滚的浪花中是多么微乎其微。正如这一朵雪花，只有飞在空中的时候，才拥有属于自己的生命，落在地上，与其他的雪花一起成就了大地的洁白，却也不再拥有自己完整的生命。就如浪花，融入了大海之中，成就了大海的宽广，却失去了自己。

童年时，不知人世的复杂，单纯得仿佛只有快乐，正如雪花刚完成凝结，美丽的六个花瓣，晶莹剔透，多么纯洁；少年时，学会了奔跑，朝着自己想要的目标努力，正如雪花的飞舞，旋转着美丽的舞姿，纷纷扬扬，要把这最美的时刻献给人间；青年时，心事渐渐成熟，工作和生活趋于稳定，正如这雪花的坠落，不再徘徊不再犹豫，轻盈地朝着一个方向前进；中年时，置身于茫茫人海之中，学会了世故，懂得了人情冷暖，正如落入积雪的雪花，与大地同流合污，不再青春不再随性。

捧一朵雪花，写意人生。人生啊，何尝不是短暂的。咿呀学语的童年、努力向上的少年、热情奔放的青年、成熟稳重的中年，然后就到了看透人世沧桑的老年。短短不过百年的人生，既然最终都如雪花一样的命运，坠入泥土最后融化零落成泥，就让我们和雪花一样尽情地飞舞吧。时光作轴，岁月为台，跳一曲热情奔放的迪斯科，温暖我们的人生。季节作衣，光阴为裳，舞一曲自由诗意的探戈，温柔我们的生命。在这一曲舞蹈里，纷飞的雪花、旋转的人生，都是那么美。

－ 江南雪，飘扬在心海 －

　　清晨推开窗户，乍见窗外雪花飞扬。京城的第一场雪就这样来临了，小区花园被一片雪白所覆盖，间隙中还隐约可见未曾枯黄的绿叶。于是，记忆中一场纷纷扬扬的江南雪纷至沓来。

　　晶莹的雪花，一片一片落在橘子树的枝头，深绿色的树叶一点一点地被白色覆盖，直到最后银装素裹白色一片，只从缝隙中还依稀可见深情的绿意。江南的雪景，就是令人如此迷醉其中。白的雪、绿的叶、红的花，色彩要比北方的雪季丰富得多。江南雪，飘飘洒洒，如同江南的少女，挥舞着白纱织就的笼袖。挥舞到黑瓦上，黑瓦笼盖了白色的帷幕；撒落在丛林间，绿叶覆盖了白色的毛毯；挥洒到花朵上，红颜轻拢白色的细纱……她走走停停，把每一个村庄都变成了白色的童话；她款款而行，把每一片田野都变成了洁白的梦！

　　飘飞的江南雪，如同翻飞的晶莹，翩翩而起的微弱光芒照进了心里。童年深一脚浅一脚在雪地里的情景，出现在脑海，怕冷又怕摔的我却又喜欢着这白雪皑皑的王国。把飘飞的雪花接在手心，体会雪的温度，感受雪的深情。当雪的厚度已经足够踩下去便能发出咯吱咯吱的声音，最喜欢在雪地里踩脚印，踩出了一串又一串童年的梦，向着前方延伸。也许是山林挡住了前行的路，那就堆个小雪人吧，把树枝折成一截截，装扮雪人的五官；也许是池塘横亘在前方，使得不得不止步，那就往池塘里扔雪球吧，看雪球在冰块上打滑，滑出漂亮的弧度。玩热了，出了汗，还不想回家，直到玩累了，走不动了。衣服上、帽子上、裤腿上、鞋子上，全是雪花，回到家一拍一打，门口便多出一摊水渍来。在父母发现之前，还要淘气地跺两脚，然后才一溜烟地跑去烤火。

犹记得今年的一场春雪，在紫荆烂漫的时候来临，她把本已姹紫嫣红的春天染成了雪白的国度。阳春三月，正是桃红柳绿春意盎然的时候，一场铺天盖地的雪纷至沓来，覆盖了那绵延的山脉，包裹了那含苞待放的花蕾，形成了一幅幅色彩分明、晶莹剔透、如梦似幻的美景。故乡的小山村沸腾了，人们纷纷穿过拥挤的山路攀登而上，却欣赏一场雪花亲吻紫荆的盛宴。含苞待放的紫荆，每一朵都沾上了雪的润湿，每一朵都饱含着冰的相思。冰雪的洁白，俏皮的粉紫，一同入了江南的诗画，真真是坠入了诗意绽放的童话。

江南雪，轻柔、细腻。绿色的麦田里，你在每一垄的麦苗上梳妆，抚摸每一脉经络，把冬水的营养灌输到每一片绿叶。江南雪，秀气、温婉。腊梅在枝头俏生生地张望，你便迫不及待地亲吻了她，以雪的纯情笼络腊梅的心，以江南的柔情俘获腊梅的情。江南雪，温和、理智。冬日阳光斜射在大地的肌肤上，你不过多久便悄然融化，只留下雪水浇灌着田野的庄稼。

　　飘飘江南雪，皑皑水乡梦。今夜，我愿梦里与你再次相遇，抚摸江南雪的温度，轻触江南雪的柔软。

－ 冬日恋歌 －

　　时光那么长，岁月那么缠，安坐冬日暖阳下的一隅，清唱一首冬日恋歌。拾一枚落叶做音符，剪一段柳枝写音节，用我勤劳的双手，用我最曼妙的歌喉，把这个冬日恋歌送上云端，与白云一起舞蹈，与蓝天一起高歌。

　　唱雪花的缠绵，一片又一片，飞舞在人间的舞台。她轻盈美丽，有着纯净的心灵。她挥舞云袖，四处挥洒玲珑剔透的雪花。撒向树梢，树上开出了晶莹的花；撒向大地，大地披上了美丽的衣裳；撒向高楼，高楼盖上了琼玉屋顶；撒向人群，人群发出了欢快的笑声。缠绵的雪花，飞到东，又飞到西，一片又一片，与人间共缠绵。

　　唱冬阳的温暖，一缕又一缕，挥洒在大地的肌肤。她温和可心，有着温暖的心灵。她飞舞笼袖，四处撒播温暖的阳光。撒在草丛，枯草沐浴着橙色的光芒；撒在水面，水面散发着波光粼粼的暖意；撒向小路，小路一路奔向朝阳；撒向孩童，孩童发出了天真的笑声。

温暖的冬阳，走到南，又走到北，一缕又一缕，与大地共欢颜。

　　唱人间的真情，一段又一段，倾洒向人间的温暖。她善良可爱，有着友爱的心灵。她挥洒衣袖，四处洒下友爱的种子。洒在江南，结冰的路面上，人们在友爱互助；洒在华北，厚重的雪层下，人们结伴搀扶而行；洒在高山，伐木工人在温暖的农家小院休憩；洒在平原，猎人放走了怀着小兔的雪兔。暖心的真情，在人间徘徊，她爬过高山，又走过草原，一段又一段，与人间共良善。

　　我是谁？我是天边的云雀，自由自在地在人间飞翔。飞过江海，看天高水阔，胸襟宽广；越过高山，享山色空蒙，放空心灵。我飞向人群，看男女情爱故事尽情上演，读人间真情故事令人温暖。我有美妙的歌喉，可以令山水动情，可以让雨雪共舞。我尽情地歌唱，把落叶的音符唱给大海，大海为我呼啸；我动情地歌唱，把柳枝的音节唱给河流，河流为我奔腾。

　　我站在树梢，唱一首冬日恋歌，光秃秃的树枝悄悄地开始发芽，企图奔向春天；我停留在湖面，唱一首冬日恋歌，结着厚厚冰层的湖水悄悄地生出了张力，企图挤破冰层的束缚；我停留在人群，唱一首冬日恋歌，麻木的面容有了亲和的微笑，感受到了善良的力量。我一直唱，从清晨到日暮，每一个音符都有了倾心向暖的魔力，把温暖、友爱尽情传递。

　　时光那么美，岁月那么软，安坐冬日阳光之下，我开始唱一曲冬日恋歌，请仔细倾听，那是我的心。愿雪花一片片，捎去我的思念，问候远方的牵念，与尘世共缠绵；愿阳光一缕缕，带去我的问候，问候山河的温度，与大地共欢颜；愿真情一段段，寄去我的心愿，愿春天不遥远，与人间共真爱……

03

愿你在人生剧本里，
演好自己的角色

人生的舞台，我们都在扮演着各种角色，亲人、知己、同事……
作为多重属性的我们如何在社会中把握角色定位，
做那一个最好的自己？
做明媚的女子，和春天一起绽放吧，或者你只管去努力，
剩下的交给希望……

－ 愿你在人生剧本里，演好自己的角色 －

芸芸众生之中，每一个你都有着各种不同的身份，为人子女同时也可能正为人父母，作为领导的下属同时你也可能是下属的领导，为人挚友的同时你也是很多人的陌生人。人生的剧本里，我们每一个人都在上演着不同的角色，演绎着人生的喜怒哀乐。

兄弟姐妹之间为了争夺父母遗产而反目的例子也比比皆是。人生在世，不过短短几十年，生不带来死不带去，一母同胞的缘分是多么可贵，却有人不珍惜这样的兄弟情分。退一步海阔天空，让一分天高地远，更何况还是自己家的兄弟。茫茫人海中，和你有血缘关系的人就那么一两个，这上亿分之一的比例，是多么地微妙，难道还不应该珍惜吗？兄弟同心，其利断金。小时候，兄弟姐妹之间的友爱可以让你少受外人的欺负，长大了兄弟姐妹携手可以创建更加精彩的人生舞台。生活中有困难的时候，兄弟姐妹可以伸手扶一把；身体出现健康问题的时候，兄弟姐妹的血液也许是救命的良药。兄弟姐妹之间的情分，是父母爱情的延续，如同手心和手背，都是从母亲肚子里掉下来的一块肉，更应友爱互助。只要有足够的理解、友爱和宽容，便必定能演好剧本里的兄弟角色。

夫妻之间，因爱情而衍生的关系，使得两个没有血缘关系的人成了最亲密的爱人。于千万人群中，与你相遇、相识、相爱，十年修得同船渡，百年修得共枕眠，这个角色，是前世修来的缘分。组成了新的家庭，更需要珍惜，用信任去打造生活点滴，用包容去温暖生活琐碎，用理解去吸纳对方情绪。如此，夫妻之间的关系便会更加地稳定而长久。

有的孩子在和父母争吵时，用手指着父母大声谩骂，这样的行为是大不孝。每个人都要学会尊敬长者，要知道，种下的因会成长为人生的果，总有一天，孩子也会成为父母，那时候吞下的是幸福还是痛苦的果子，归根结底于儿时的教养。良好的亲子关系是家庭幸福的重要基石，这时候，无论是父母的角色还是儿女的角色，都无比重要。为人父母，除了物质上养育儿女，更应该从精神上关爱儿女，给他们自由而舒适的空间，给他们规范而轻松的秩序。为人子女，首先要学会尊重父母。不顶撞他们，多体谅他们，待他们年老时，如同小时候他们照顾子女一样地照顾他们，给他们精神的安慰，给他们温暖的空间，让他们老有所依。这样的角色，是在用发自肺腑的感情上演人生的每一幕，生活必定美好而温暖。

朋友之间，不可逾越角色之间的界限。那种闺密在背后插一刀的故事，如饮人血太过残忍；那种为一时小利而背叛友情的情节，如刀砍肉太过伤人。友情，不是拿来利用的。成为朋友的缘分，值得被一再珍惜。你的角色是朋友，不是要把朋友的爱人抢过来的情敌，也不是要把朋友的项目抢过来的竞争对手。朋友之间，可以倾诉生活中的苦闷，可以度过一起购物逛街喝咖啡的休闲时光，在需要帮助的时候递过一只有力的援手，在需要安慰的时候给过一个坚实的肩膀。演好自己的朋友角色，醇厚的友谊之酒便会随着岁月的流逝而愈发浓烈。

同事之间，可以是朋友，可以是竞争者，也可以是领导和下属。朋友，无须多言，朋友的角色里已经充分做了说明。对于竞争者的关系，不可避免的竞争，应该是良性的。设置障碍，打小报告，都是小人行为，这样的恶性竞争是可耻的。对领导，无须卑躬屈膝，项目工作中有分歧的时候要做到理智地对事不对人。对下属，不要高高在上，也许有一天下属就会超越你成为你的领导，虚心、真诚、合作，是同事间的相处之道，既可以为同一个项目携手合作相互拼搏，也可以通过竞争不断提高。

人生的角色可以很丰富，人生的剧本可以很精彩，但这一些都离不开人生中角色的正确定位。不要让角色错位，不要让人与人之间的关系混乱，生活才能有秩序地进行，生命才能舞出更美的华章。

人生的剧本没有彩排，无法和舞台上演的剧本一样，错了还可以再重新来一遍。你没法让导演喊停，也不能哭着喊着让人生再来一遍，你的角色也没有任何替身可以更换。人生的剧本，无论身处哪一个角色，每一个你都是独一无二的，每一个情节都是不可逆转的。愿你在人生剧本里，演好自己的角色。妻贤子孝，兄弟友爱，亲友和睦，此为人生一大幸事也！

－ 愿做明媚的女子，与春天一起绽放 －

翠衣叠纱三月春，绿柳拂风万丝韵。遍寻枝头芳菲影，一片春色满乾坤。

春色，在桃红柳绿的枝头，绽放成时光的风景，点缀在行人驻留的视线里。那一双双专注的眼眸，盛放着桃花灼灼的奔放，荡漾着细柳弯弯的柔美。春意，在碧水青山的环绕里，绵延成岁月的风景，安放于行人轻松的脚步中。那一双双踏实的步伐，迈过青山的巍峨，越过绿水的屏障，站在春的景致里。春色深处，时光唯美，媚了眼，醉了心。

人间最好是春光，此刻，置身于明媚的春天里，我愿做那一个明媚的女子，与春天一起绽放生命的华章。

愿做那一朵朵迎春花，站立在春意的枝头，张开人生的希望，迎向美好的明天。愿是那一树娇贵的樱花，以最美的姿态绽放，每一朵花瓣都含着生命的芳香；愿做那白衣胜雪的梨花，颤动着喜人的希望，为结下沉甸甸的果实而尽情绽放；愿做那千娇百媚的海棠，热烈地追逐春风的方向……

明媚的女子，懂得用优雅的风度重整生命的繁杂，善于用积极的态度面对人生。她们不会过度的低调，也不会过分的张扬，以一颗热情的心向往桃红柳绿的春天，以一种奔放的姿态追寻生命的意义。正如这四季光阴的流转，人的一生总有起伏不定的心情，以对待春天的心态对待生命中的每一次喜怒哀乐，人生便会充满温暖的希望。

明媚的女子，懂得选择适合自己的人生道路，不适合自己的便选择放手，不做无谓的挽留。她们不会在爱情天地里失去自我，也不会卑躬屈膝地活在别人的爱情里，以一颗强大的内心向往美好的爱情，以一种追逐平等的姿态追寻爱情的真谛。正如这春季里的繁花似锦，并不能全部为自己所拥有，不同的花绽放着不同的美丽。做最真实的自己，不在虚伪的世界左右逢源，人生才能获得更多的精彩。

明媚的女子，懂得享受即时幸福，不会迷失在事业和家庭的矛盾里。生活中，最难得的是一种平衡，爱与被爱的平衡，事业和家庭的平衡。她们在这摇摆的杠杆里用智慧和耐心寻找平衡，让爱与被爱之间得到圆满，让工作和家庭都成为生活中美好的一部分。

一入春日百媚生，春光旖旎最摄魂。愿做明媚的女子，与春天一起绽放，让生命的精彩，像那春花一样，在岁月长河中流光溢彩。

－ 愿做热情的女子，同夏花一起绚烂 －

夏日的风，风情万种地揭开了季节的面纱，街上的女人俨然已经变身成夏的使者，薄衫飞舞，裙袂扬起，自信地走在大街上。那一双双青春秀美的腿，姗姗前行，每一个优雅的步伐都展现着属于女人的美丽和自信。这就是夏日的热情，燃烧着生命的精彩，释放着青春的美丽。

奔放的夏季，最为娆娆妩媚，醉人的夏绿为女人打底，绚丽的夏花为女人添彩。此刻，我闻着空气中的馨香，许下心愿：愿做热情的女子，同夏花一起绚烂。

愿做那谢了再开的月季，一茬又一茬地开放着希望。马路边的月季，一朵一朵盛大地开放，漫步走过的女子，那一季的裙衫飞扬和五彩的花丛交织在一起。缤纷的花朵，鲜艳的衣裙，是夏季独有的风景，盛装在季节的时光里。

愿做那绽放火热生命的凌霄花，生生不息迎风飘舞。沿着围栏生长的凌霄花，一朵一朵纵情地开放，生命的姿态跃然于夏日的时光。优雅走过，长裙飘飘，同那一簇簇橘红色的凌霄花一起舞动着生命的热情。

愿做那亭亭玉立的荷花，朵朵清新、枝枝妩媚。美人顾盼生辉，蝴蝶翩翩、蜻蜓伫立，只为一吻那馨香。花枝招展的午后，一池荷塘，飞扬着夏日的自信。一群打着油纸伞的姑娘，婀娜多姿地走来，水波荡漾，荷花散香，分明是世间最美的风光。

夏花缤纷，最是热情。愿做热情的女子，同夏花一起绚烂。

热情的女子自有一份自信和沉着。自信是女人最动人的妆容。不必脂粉满面，也不必勾勒眉角，当你自信地站在人群之中，那一份自信便会提亮你的肤色，装扮你的姿容。

热情的女子懂得如何积极面对人生，要把热情投注给毕生所爱。无论工作还是家庭，选择了便义无反顾，不再消极怠工，不再一心二用。用专注和专业去打造工作的风景线，用信任和理解去构建家庭的堡垒。

热情的女子懂得经营一份感情，无论爱情还是友情，都愿意用热情去融化那一颗颗心。热情是一份真心的传送带，把理解、宽容、善意传送给我们的朋友，让友谊的桥梁坚实稳固。

　　热情不是矫揉造作，而是真心实意。用热情给生命添加砝码，人生的精彩便会款步而来。当我们热情地去面对每一个日子，枯燥、乏味、琐碎的那些日常点滴便不再是生活的枷锁；当我们热情地去对待一份工作，苦闷、懈怠、抱怨便会逐渐远离我们的心胸；当我们热情地去对待一份感情，矛盾、虚伪、冷漠便会隔离在情谊之外……

　　人生短暂，让我们释放心灵，点亮真心，做一个热情的女子，同夏花一起绚烂。

－ 愿做优雅的女子，与秋天一起收获 －

　　清风抚柳，叶落缤纷，一片秋意浓成墨。漫步秋色之中，在红叶纷飞的时光里寻一缕生命的芳踪，在瓜果飘香的光阴里理一缕生命的意义。在这个收获的季节，回望岁月的痕迹，年轮的印记在青春的道路上碾过，深深浅浅，都是成长的足迹。

　　走进山林，层林尽染，一抹秋韵织成锦。踏行山河之间，在清涧争鸣的诗意里寻觅一种人生的境界，在山峦叠嶂的意境里参透一份人生的感悟。在这个收获的季节，凝望人生的片段，是年少的努力成就了今日的成熟，是曾经的弯路造就了今日的稳重。

　　正如这秋天，用春天的发芽、夏天的成长来收获今天的成熟。是苗圃工人辛勤的汗水浇灌出参天的大树，是农人勤劳的劳作催成了瓜果的成熟，没有辛劳哪有收获。

　　秋是成熟的。黄灿灿的稻谷在秋风中笑着低下了头，红艳艳的苹果在田野中露出了笑脸。白的棉花、红的柿子、黄的玉米，构成了农人丰收的喜悦图景。秋是优雅的，山野染上了秋霜，漫山红叶如片片纱巾优雅地披在山林上；溪水印上了落叶的印章，潺潺流动的韵律里掩藏着秋天的秘密。那份成熟、那份优雅，就是秋天最好的诠释。

愿做优雅成熟的女子，和秋天一起收获，收获人生的情谊，收获人生的幸福。

优雅的女子懂得珍惜人间的友爱。亲情、友情、爱情，是我们一生值得拥有的情谊，弥足珍贵。可是，心与心之间是有距离的，如何在距离之间保持一种美好的关系是一种能力。优雅的女人，不会在有误解的时候不听解释就翻脸走人，会耐心地等待，会用心地倾听，如此才能收获用心与心的桥梁铸造的真情。

优雅的女子懂得气质才是美丽的代名词。不一定五官端正，也不一定皮肤白皙，举手投足之间从内而外散发出来的优雅气质才是女人的最大魅力。优雅的女人会礼貌地对待周围的事物，会用书籍来提升自己的文学修养，会用音乐来熏陶自己的音容笑貌，会用健身来保持自己的身材，如此才能收获一份由内而外的魅力。

优雅的女子懂得合理安排时间的重要性，不会忘记约定的时间，也不会风风火火地赶时间。用气定神闲的气度来合理规划自己的人生，不会跑得跌跌撞撞，也不会慢得磨磨蹭蹭。优雅的女子懂得怎样掌握生命的节奏，了解如何掌控人生的韵律，可以让自己优雅地行走在岁月的道路上。

愿做优雅的女子，与秋天一起收获，收获人生的风景，封存在时光的记忆里，收获成熟的魅力，烙刻在岁月的道路上。走吧，让我们一起出发，去采撷秋天的果实，去收获人生的成熟，做那一个优雅的女子，释放一份优雅的力量，坐看风轻云淡，笑对苦难人生。

－ 愿做长情的女子，与冬天一起沉淀 －

　　四季之中，唯有冬季最为萧瑟，却也因为有了雪花的光临最为浪漫。大地苍茫，一片雪白，山林是白的，旷野是白的，城市是白的，乡村是白的。此刻，银装素裹的世界，是如此纯净而浪漫。掬一把雪花在手，感受手心的温度，感知冬天的那一份心情。和相爱的人手牵手走进白雪皑皑的世界，深深浅浅的脚印谱写着浪漫的乐曲，把一份深爱埋藏在冬季。这份纯净，这份浪漫，独属于寒冷的冬天。

　　冬天，是休养生息的季节。植物们提前枯萎，把养分都留给了泥土下的根部，待来年春暖花开再次发芽。冬眠的动物们藏进了洞穴，要度过漫长的一个冬季，等待春天的温度唤醒它们的体温。而寒冷，也常常使我们窝在有暖气或生着火炉的家里，看书写字、听音乐，积攒生命的力量，待来年春天，再度爆发激情。

　　浪漫飞舞的雪花是长情的，那是雪花对大地的深深爱恋；休养生息的冬天是长情的，那是冬天对时光的深情眷恋。愿做长情的女子，与冬天一起沉淀，把每一次遇见和分离都沉淀成人生的阅历，丰富生活的点滴。

曾经沉迷于《冬日恋歌》的剧情中，喜欢那个长情的女子，为了爱情奋不顾身地付出自己的所有。当爱人因车祸离开这个世界以后，她用了十年才释怀了那份感情，可是当她在大街上看到一个酷似他的男子之后，她仍然疯狂地追了上去。愿做长情的女子，与冬天一起沉淀，把人生的每一次经历都当作岁月的礼物，然后期待明天的精彩。

长情的女子懂得珍惜工作的来之不易，知道怎样在工作中赢得同事的信任。竞争如此激烈的当今世界，哪一份工作容易呢。感恩每一次遇见，也珍惜每一次别离，让这份长情在工作中生根发芽，成为工作的能量，赢得同事的信任和尊重。

长情的女子懂得感情的珍贵，不会朝三暮四。要么不爱，要么深爱，爱憎分明。长情的女子绝不会做那水性杨花，朝秦暮楚，在不同的男人那里寻找情感的慰藉。不爱，便转身拒绝，不给一丁点机会。爱了，便深爱，用心把这份感情填满。就像这冬天，下雪之前是灰蒙蒙一片，天地似乎都是黑色的，下雪之后是一片雪白。一黑一白，泾渭分明。

长情的女子懂得如何经营自己的婚姻，不会因为生活的平淡而失去对婚姻的信心，不会因为别人的三言两语动摇自己对婚姻的信任。日子，是自己过的，过得好不好只有自己说了算。长情的女子，心思细腻，就像那晶莹剔透的雪花，每一个花瓣都是玲珑仙子，浪漫而长情。

愿做长情的女子，与冬天一起沉淀。把心归于简单，把爱放在心上，像冬天的雪花一样尽情舞蹈，像冬天的火苗一样尽情燃烧。

− 你只管去努力，剩下的交给希望 −

最近认识了一个文友，他经常在 QQ 群里问："我在省级报纸发表二十多篇文章后，会不会出名？"有人调侃他，"能，可以自称著名作家。"他不甘心，又单独发消息问我："倪姐，我要发表多少作品才会成功？"我问他，"怎样才算成功？像莫言那样拿诺贝尔文学奖？"他说他希望的成功是能有出版社找他出书。我反问，"如果你将来不会成功，你是打算不写了吗？"他笑笑说，"那倒不会，我喜欢写。"我也笑了，"那不就得了，什么时候成功，要发表多少篇文章才会成功，这些都没什么意义，你只管努力去写就是了。"

把写作当作茶余饭后的小甜点，偶尔地发发作品，会令人心情愉快，可以调剂生活中的枯燥和乏味。把写作当作一项事业，希望通过文字达到出名的目的，那就不一样了。这是一项需要耐得住寂寞的长途跋涉，有这个聊天的空闲时间，还不如静下心来看书写作。

有一位老乡，认识了好几年，只知道也是写文章的。为了自己的作品打过官司，参加过一些杂志的作者见面会。每次我在 QQ 群里发文章，都会给我点赞，说我写得好，夸我勤奋，常常鼓励我。我以为他也和我一样，不过是一个业余文学爱好者，在空闲的时候写写文字，抒发一下个人小感悟而已。直到在另外一个副刊写手群看到一位文友发的信息，看到了他的名字。后面一长串的作家价绍，《读者》《青年文摘》《意林》《格言》《思维与智慧》等杂志的签约作家。曾获"浙江·辉煌 60 周年我爱我的祖国作品大赛"一等奖、"浙江省首届民工文学创作大赛三等奖""第十届重庆好期刊好作品奖"三等奖，多篇作品被收入国内各地中、高考语文试卷"。我才发现，这位著名作家就在我身边，我却一直不知道。

据说，高手大多如此，不浮夸，不夸张，只要有时间就努力写作。我那位低调的老乡朋友，在短短的一年时间内，光杂志上就发表了一千多篇文章。他出名吗？我想，并不，因为连我这个称为朋友的人都不知道他有这么大的成绩。他不在 QQ 日志上发表文章的记录，也不见微信朋友圈发杂志样文的图片，不炫耀他的成绩，只低调地埋头写作。正因为一直在努力，不焦不躁，才取得了这么多的成绩。

"你只管去努力，剩下的交给希望"，我把这句话送给了那位一直渴望成功的文友，并把我老乡作家的事告诉了他。成功的定义，是因人而异的。每个人的期望不一样，所理解的成功就不一样。愿这位文友从迫切想要成功的心理枷锁中走出来，努力写出好作品。要相信努力总有回报，希望总会到来。

－ 学会给心灵的树苗剪枝 －

最近比较烦，生活的琐碎千头万绪，工作的繁杂千丝万缕，常常压得人透不过气来。带着刚学会走路的小女在小区花园里散步，她一会儿抓叶子往嘴里塞，一会儿又要去抢别人的玩具，我压不住心里的火气，不由得加大了斥责的声音，孩子委屈地哭了起来。小区的花圃里正好有个园艺工人在给树苗剪枝，专心致志地低着头，一手握着树苗，一手拿着剪刀，看准了方向，便一刀剪下去，干脆利落。有时候也会有犹豫，左看看，右瞅瞅，等确定了目标再"咔嚓"一声剪下去。被修剪过的树苗，已经没有了多余的枝条，精神矍铄，干净清爽，充满了向上的力量。

孩子的小手抓扯着我的衣服，我不禁为自己的烦躁而愧疚。我们的心灵何尝不是一棵树苗啊，每个枝条都伸出大大小小的欲望，伸向不同的地方。如果任由这么多的枝条杂乱横生，不就是我现在这种心浮气躁，把坏心情转嫁到孩子身上的这种状态吗？

正如草木需要剪枝才能更好地生长，我们的心灵也需要剪枝来控制欲望的生长，从而达到收敛枝丫向上生长的希望。

生活中，要明确自己的需求，不能大事小事一把抓，把自己的生活搞得一团糟。有了孩子，就专心致志陪孩子，给她百分百的陪伴，给她百分百的爱。时间就那么有限，带着孩子还想摄影、绘画、音乐、写作一个兴趣爱好都不想放弃，如此种种欲望都在心里膨胀，最后一个都做不好，岂不是得不偿失了。

工作上，要确定自己的目标，不能每个方向都兼顾，又想在技术上有所建树，又想在管理上功成名就，一边还想考个在职博士，这么多的欲望，会把自己压得透不过气来。不如，心平气和地坐下来，安静地想一想，自己适合做什么，希望做到什么目标。鱼和熊掌不可兼得，要学会把次要的愿望删减掉。要想在技术上做深做精，就不要陷入复杂的人际关系中，那些工作交给项目经理去协调；要想在管理上有所建树，就不要花大量精力在技术细节上，那些交给技术专家去研究；要想在学业上出人头地，就放手一搏，别东西兼顾最后哪一个都没做好。

我的一个同事，平时工作很忙，技术、管理两手抓，有一天突然跟我说，他报考了清华大学的在职博士。自己出钱还不说，还要在本来就很少的时间里挤出时间去上课，完成科目的考试。接着还必须有论文能在 EI（工程索引）或 SCI（科学引文索引）发表，才有资格进行博士论文的答辩。如此一来，技术、管理、学习同时进行，分身乏术、叫苦不迭。

学会给心灵的树苗剪枝，用我们的智慧做剪刀、拿起我们的信念，瞅准目标，一剪刀下去。那些不切实际的、花里胡哨的欲望全部剪掉，留下合理的、充满希望的欲望，让心灵的养分只供养给剩余的愿望，那么留下的愿望必能长成参天大树。

－ 欣赏，是爱的本领 －

去朋友家做客，夫妻俩热情地招待了我们。其间，夫妻俩总是时不时地夸赞一下对方，相互欣赏对方的眼神明亮而充满笑意。男主人在我们把橘子皮扔进垃圾筐的时候说"没事，我老婆很勤快，就放茶几上，等会她收拾一下就好了。"一边说一边深情款款地看向他妻子。女主人在给我们倒茶的时候说，"尝尝我先生从云南带回来的茶叶，他每次出远门，总是会记得给我带点小礼物，有时候是茶叶，有时候是丝巾。"一边说一边幸福地笑。据朋友说，他们夫妻俩很少吵架，因为懂得欣赏对方，便不会放大对方的缺点，在有矛盾的时候才能心平气和就事论事地讨论问题。

欣赏，是爱的本领。因为我们爱一个人，往往从欣赏对方开始。许广平欣赏鲁迅的才华和为人，果断地给先生写了长长的书信，让爱情在心里落地生根；张爱玲欣赏胡兰成的博学和对文学的深刻理解，才写下"见了他，她变得很低很低，低到尘埃里。但她心里是欢喜的，从尘埃里开出花来。"正因为男女之间的相互欣赏，才有了爱情的生根发芽。

相爱之初的欣赏，如果在婚姻中被淡却，爱的味道也就变了质。也有一对夫妻朋友，每次聚会见面的时候就跟我数落对方的缺点，两个人没说几句就开始相互埋怨对方。一个抱怨对方整天忙工作不顾家里，全然忘记了当初正是他认真的工作态度吸引了自己。一个抱怨对方经常只顾自己臭美不管孩子学习，已然不记得最初正是她的美艳动人吸引了他的眼光。吵架升级，两个人怒目相向，哪还有夫妻之间的那种温馨甜蜜，而那些曾经令自己欣赏的优点，统统扔进了心里的垃圾箱了。

在婚姻之中，欣赏，是夫妻生活的润滑剂。男女双方长期在生活琐碎中磨合，最容易放大对方的缺点，你每天眼里看到的都是缺点，生活怎么还能照进阳光呢！用欣赏的眼光看他，你会发现他的优点越来越多，那些恋爱时吸引你的魅力，才能在日积月累的生活中仍然闪闪发光。那一份欣赏，可以让你的双眼明亮而欣喜，可以让你的心灵充实而满足。心灵愉悦的生活，正是漫长的婚姻征程中我们所追求的。所以，请别忘记，我们心中的那一份欣赏。

欣赏，是爱的本领。学会欣赏爱人，就要先舍弃缺点的放大镜，别动辄和他的缺点较真。在缺点的阴影下生活似乎一片黑暗，不仅自己心情很差，还影响着整个家庭的气氛。欣赏的眼光是家庭生活的阳光，照在平淡的点滴之中，温暖着彼此的心灵。懂得欣赏的婚姻是幸福的，愿你在日积月累的时光打磨中，一直保持着欣赏爱人的心，让这份欣赏，成为爱的本领，在牵手几十年的岁月之中一直保持着热切的目光。

－ 不懂装懂是大忌 －

　　群里正热闹地聊着天，正在外地旅游的叶子发来一句，"看你们聊得热闹的，我中午都没吃饭，正在吃山竹"。一个网友很诧异地开口了，"你当自己是大熊猫呢？竟然爱吃山竹，山上长的竹子，又硬又长，能吃吗？"此话一出，我们都忍不住捧腹大笑。有网友义愤填膺，"这么好吃的山竹被你说成什么了，不知道别乱说话，此'山竹'非彼'山竹'，是一种可以吃的南方水果"。原来那个网友是东北人，平常没见过水果山竹，所以才发了那么一句令人啼笑皆非的言论。被大家你一句我一嘴地取笑了好半天，该网友悻悻然地离开了群聊，去修补那颗受伤的心去了。

　　大千世界，知识的海洋是无穷无尽的，我们每一个人所拥有的，只是沧海一粟罢了。遇到不懂的，多问一问，切不可不懂装懂，以自己有限的的知识面来看待问题，最后导致笑话百出，贻笑大方。

　　苏东坡去王安石家小坐，看到乌斋台上摆着一首只写得两句还未完成的诗，"明月枝头叫，黄狗卧花心"，苏东坡瞧了又瞧，明月不都是挂在天上的么，怎么会在枝头叫呢？还有，黄狗，那么大一条狗，怎么会卧在花心？于是，他擅作主张拿笔把这两句诗改成了"明月当空照，黄狗卧花荫"。王安石回来后，看到被改的诗句，对苏东坡极为不满。后来，苏东坡在民间偶遇一群小孩，围在一堆花丛中猛喊"黄狗罗罗，黑狗罗罗"，他才知道爬在花心里的一种虫子叫黄狗。当他离开花丛，来到一棵榕树下，听见树上一阵清脆的鸟鸣，旁人告诉他这鸟叫明月鸟。此刻，他才恍然大悟。此"明月"非彼"明月"，此"黄狗"非彼"黄狗"，而他硬生生地把王安石的诗按照自己的理解做了修改。本以为做了一件好事，可以卖弄一下自己的文采，却终究因为不懂装懂和自作主张惹怒了王安石。后来苏东坡被贬，或许和这次错改诗句的事件也有一定的关系。

当遇到自己不懂或者和自己的理解有偏差的时候，千万不可鲁莽行事，以免把好事变成坏事，弄得人啼笑皆非。首先要学会沉默，听听其他人怎么说，甚至可以借助网络查一下。在听到"山竹"可以吃的时候，如果那位网友不发表言论，而是打开网络搜一下，恐怕就不会出现群起笑之的场面了。其次要学会主动向他人请教，听听对方为什么这么说或为什么这么做，如果苏东坡不自作主张直接改诗，而是等王安石回来后向他请教一番，恐怕也不会出现惹怒王安石的局面了。

在浪潮滚滚的知识海洋中，我们所汲取的不过是一小朵浪花，不同的环境、不同的背景、不同的际遇都会造成知识面的短缺。此"山竹"非彼"山竹",在遇到理解偏差的时候,切不可不懂装懂、狂妄自大,摘下高傲的面具,拿出虚心的诚意,如此,才能不断提高自己,并获得他人的好感。

－ 禅在心中心自明 －

何为禅？出自《华严经》的"一花一世界，一叶一如来"是禅语，出自著名作家林清玄大师的"因缘的散灭不一定会令人落泪，但对于因缘的不舍、执着、贪爱，却必然会使人泪下如海"是禅意。我似乎悟了，禅是佛理、禅是悟道、禅是静修……

禅何为？佛家因禅静坐，旨在回归本真参透人生。道家因禅闭关，旨在运气打通经脉。"当心灵变得博大，空灵无物，犹如倒空了烦恼的杯子，便能恬淡安静。人的心灵，若能如莲花与日月，超然平淡，无分别心、取舍心、爱憎心、得失心，便能获得快乐与祥和。拥有一颗平常心，人生如行云流水，回归本真，这便是参透人生，便是禅。"我似乎明了，禅可安心、禅可明意、禅可超然……

看一墨大师的画，我心中自然流露出这样一句话：禅在心中心自明。在他的画里，有修身养性的静、有顿悟人生的理，笔墨下自然就流露出禅意人生。他也画山水花鸟，但让我眼前一亮的却是那些栩栩如生的佛家故事、道家哲理，让我觉得这样的大师深谙佛理典故在心，定有大智慧在其中。

三炷未燃尽的香烟，一串还在手掌里转动的佛珠，叠腿静坐，寻一缕心中的禅。圆月挂枝头，疏影横月色，心静月夜宁。袈裟在身，香炉在前，一心一意念佛经；白眉低垂，低头掩眸，专心致志学佛法。这是画，一幅禅意的画，大大的禅字鲜明地点名了主题。

拨得琴弦三两声，古琴幽远觅知己。功名已忘，知己难觅。对牛弹琴又何为？叹，叹，叹，睡自三更凡功名均成梦境，想到百年无少长都是古人。顺其自然无为即是神仙。终究无人理解我的感悟，而旁听的牛似乎明白了琴声中藏着的心事。看，牛的眼神，听得多认真。

佛家有三大福田，报恩福田、功德福田、贫穷福田，播种的是什么，收获的就是什么。每个人都有自己的福田，你的辛劳和坚持终将得到回报。一墨大师的《自种福田》用笔墨展现了这个佛家哲理。白发老者，身穿袈裟，脚穿布鞋，悠然自得地用锄头种着自己的福田。身旁竹枝摇曳芭蕉静谧，种下因缘的果，人生已悟得一份真。

一缕云烟，一道真气，一墨大师用手中的笔画出了悠远的意境深邃的道理。他的禅画笔风如行云流水，线条飘逸灵动，人物形神兼备，令人深受画作点悟。古之书韵，竹林论道，雁鸣思缘……禅意入墨，穿越时空，书写人生。每一种心灵的感应，或淡然，或喜悦，或洒脱，都在禅画的人物形象里栩栩如生。

　　看多了画家笔下的山川河流，时常为大气的书画作品而折服；看多了名家笔下的山水花鸟，时常为作品的唯美所感慨。他们用艺术的眼光发现这世界，并用画笔还原这世界。只是，我第一次看到画家笔下有关禅的作品，禅画艺术的意境似乎有一种能让人静心的魔力，让观赏的人不由自主地陷入一种平静安详的境界。佛教的经典故事很多，道家的修身养性也一样流传至今，把这些经典赋予画笔之中，并把这些经典传承下去，是一墨大师的现代禅画所表达出来的内容。

　　禅在心中心自明，欣赏着这一幅幅简约素淡、禅意深邃的现代禅画，仿佛心中已经有了一抹禅意。

– 没有勇气归零，是因为还要负重前行 –

　　曾经看到一篇文章，文中的女主人公几乎每隔 3 ～ 5 年就要辞掉工作，把职业归零，在新的领域重新开始。文中没有过多描述她为此所付出的艰辛，也没有提及她的家庭情况，只强调了她勇于归零的魄力。从都市女白领到动物驯养师、从田园农场主到山高水远的旅行家。似乎她那精彩的人生经历足以让四平八稳的我们眼红，可是眼红过后，你又会怎么做呢？想必还是朝九晚五地奔波于公司和家之间吧，想必仍然兢兢业业地埋头于手上的工作之中吧。

　　羡慕终究只是停留在羡慕的表面，生活中，又有几人能做到动辄放弃一份自己熟悉的工作，在全新的领域再重新开始？

　　一位离职的同事去了新单位，再见到她的时候已经瘦了一大圈，她苦口婆心地跟我说：不要轻易离职，每到一个新地方就要脱胎换骨一次，其中的辛苦不是三言两语能说清楚的。她跟我描述刚到新单位时候的种种不适应，工作中人际关系的建立费尽了心思，又恰好碰上一个雷厉风行的女上司，那段日子真是苦不堪言。公司流程不熟悉，项目规划不完善，手下没有人手什么事情都要自己来，诸如此类，种种不适，直到完成一次蜕变。到了一个新单位，哪怕是你所熟悉的领域，都要如此辛苦地适应大半年的时间，一切归零从头开始更不知道要多付出多少的血泪了。这种心路的磨炼，如果没有足够强大的内心，不仅不会愉悦新的生活，反而会带来种种埋怨和负面情绪。因为要适应新的环境，不得不加班来完成一些事情，势必会引起家人的反感，要是碰到脾气暴躁的爱人估计直接吵架升级了。

是啊，在熟悉的岗位工作多年后便有了熟悉的人脉，工作自然就得心应手一些，更何况工作的延续性使得我们不必背负着太多的工作压力。同样的工作，熟悉的人，在上班的时间就能完成，下班的时间便可以回家陪伴家人了。不熟悉的人，便只能用加班的时间来弥补自己的不足，这样一来，生活质量便受到了影响。要是家里有强大的后盾，比如有父母帮忙照看孩子，爱人工作稳定能按时回家，那对生活的影响还算小。一旦家里没有这些后盾，孩子还等着你下班去接，饭菜还等着你回家去做，生活节奏便会失去了方寸。

没有勇气归零，是因为还要负重前行。多少人一边工作一边还着高额的房贷，多少人背负着上有老下有小的生活压力。曾有一位朋友跟我说，他家夫妻两人只要任何一个人丢了工作，那个月立马就会入不敷出。还有一位朋友长期兼职两份工作，只因可以多挣一些钱，以便他有足够的资金养育家里的双胞胎儿子。

房贷、孩子、老人，都成了我们背上的行囊，负重前行的路上，丝毫懈怠不得。没有人愿意像流浪汉一样露宿街头，也没有人希望父母老无所依孤苦伶仃，更没有人希望自己的孩子连奶粉都吃不上。肩膀上的负担，使得我们不敢轻易放弃稳定的工作，更没有勇气抛弃一切从前的积累更换职业从零开始。

没有强大的内心，没有强大的后盾，就不要模仿别人的生活方式。在余秋雨的《文化苦旅》里曾看到一对夫妻的故事，二十多年长期在船上生活，他们把大海爱到了骨髓里，他们把海上冒险当作了生命。海上飘零的种种困难，夜半遭遇海上风暴的巨大危险，我们试着想一下，我们能承受得了吗？正如，放弃优越的工作，开始一切归零的生活，你有这么强大的内心接受新生活的挑战吗？

前不久，一位从通信公司辞职创业的学弟打算回归职场了，问及原因，还是经济问题。三年前，他放弃了 IT 公司的高薪，回农村创业。对他来说，这是人生的新开始，可以说是一种归零的行为。三年的摸爬滚打，最终还是又打算回归职场，可见新领域的开始并不是一帆风顺的。归零，如果多年后在新的领域不能开辟出新天地，多少时光就这么耗费了。再回职场，当年一起工作的兄弟如今都一个个当上了项目经理或技术骨干，而此时回归的人，只能做个小兵，重新奋斗。心里的落差，可想而知。

爱上业余写作多年，也有过朋友给我推荐当一个杂志编辑的机会，当我问及主编这个职位年薪的数目时，便不由自主和自己的年薪做了对比，差距之大立马使我放弃了这个机会。也曾有编辑说，看你的写作水平应该足够养活你自己啊。可是，生活只够养活自己哪够呢！还要养育一双儿女，还要提高生活水平，经常外出旅游，还要负担老人突如其来的疾病，如果只够养活自己，生活允许你这么自私吗？

没有勇气归零，是因为还要负重前行。除了生活的享受，我们身上还有更多的责任。我们有责任不因归零让父母担惊受怕，我们有义务负担家里的经济来源，我们有必要给家一个可以支配的休闲时光。所以，要不要归零，请慎重考虑。我没有勇气归零，是因为还要负重前行，相信明智的读者，会做出正确的选择。

－ 调整一下呼吸，世界就会变得不同 －

这个忙碌而又到处充满竞争的社会，几乎人人都承受着不小的压力。高额的房价，一个月的工资都买不起一平米；子女的教育，课外班的花销顶得上一个大学生；不断有新人来竞争岗位，铁饭碗已经是旧时代的剪影……显然，这些压力都给生活戴上了沉重的枷锁。有人为此整夜失眠，脑子里满是工作中的矛盾和不愉快；有人拼命加班加点，不到中年就满头白发、天天顶着黑眼圈；有人患上了抑郁症，找不到生活中的阳光……

生活真的有这么不堪重负么？有人一定会跳出来回答：是的，我的生活就是如此不堪重负。那么，我们又该怎样面对社会带来的巨大压力呢？

开车上班的路上，听收音机里传来李健的歌声，美丽的贝加尔湖畔、富有旋律的歌声，令人沉醉。只要仔细倾听，每一句歌词中间都会带有深呼吸的停顿，之后，悠扬的歌声继续响起。正是这呼吸之间，音乐的节奏得到了延续，美妙的歌声得到了扩张。这个清华的技术男，如今已经是大红大紫的歌手。他的转身，呼吸之间，便是另外一个属于音乐的自由天地。

调整一下呼吸，世界就会变得不同。一呼一吸之间，空气的气流随着呼吸而变化，世界就会变得不同。而工作和生活中的呼吸也是一样，呼吸变换之间，会让紧张、压抑的精神得到缓解。工作的节奏太快，压力太大，要学会用其他的途径来释放。运动、旅游、娱乐，外面的世界很精彩，需要我们用心去发现。一味地沉浸在压抑、忙碌、烦躁的生活状态中，失眠、抑郁就会侵蚀你的大脑。

有位同学，和我一样是研发 IT 人员，长期被紧张的工作所压迫，脸色暗黄、精神萎靡、状态非常不好。好在她也意识到了问题所在，不久后，她办理了健身卡，工作之余学瑜伽、肚皮舞，再看到她时，脸色红润，肤色明亮，仿佛一下子年轻了不少。晚上不会动辄失眠了，掉头发的现象也没那么严重了，年轻而又充满活力的她又回来了。呼吸之间，她把紧张过度的工作状态进行了调整，人生才恢复了精彩。

生活需要张弛有度，在有限的生命里，活得轻松才是人生正确的方向。房子、孩子、票子，都要根据自己的能力去追求，不要死抗着活受累。调整一下呼吸，世界就会变得不同，朋友们，请跟我一起深呼吸，然后调整一下自己工作和生活的状态，相信你的世界就会更加精彩和完美。

－ 不管什么蜜，保持距离最美丽 －

诗歌群里有位文友问：这世界上有纯洁的男女友谊吗？多么老掉牙的话题啊，有另外一位文友立马跳出来现身说法，"有啊，我的男同学，小学时候的班长，纯哥们友谊，至今还联系密切，需要帮忙的时候一个信息发过去，他二话不说就尽其所能帮我，当然有用得着我的地方，他也从来不客气"。

问的那位文友叹息一声，"原以为是男闺密，却向我表白了"。见她长吁短叹，心情不好，我便以自己的亲身体会向她支招，"不管男闺密还是女闺密，保持距离最美丽。"

被女闺密劈腿的现实例子比比皆是，错在哪里？你时常把闺密请回家吃饭，每次和男朋友看电影不忘带上女闺密，女闺密有事你走不开就把男朋友支过去帮忙，一来二往，人家惺惺相惜了，哪还有你的事。

你放任老公和孩子不管，用极大的热心去帮助男闺密，那是本末倒置；你动辄和男闺密谈心聊天，却忽略了爱人的感受，那是主次不分；你动辄寻求男闺密的帮助，展现自己的弱小，会让人误解你的动机……

所以，要想纯洁的友谊细水长流，必须保持适当的距离。

首先，永远不要把男闺密、女闺密放到第一的位置上，在和家人、爱人与闺密之间有时间冲突的时候，必须首当其冲地站在家人和爱人身边。先生发烧了，闺密也发烧了，你要是放下先生不管去给闺密送药，那是一种傻子行为；其次给友谊一份安全的空间。男女之间的交往，很容易由欣赏转化为心动，而作为男女闺密，必定是相互欣赏对方的。这份安全的空间，就是保持适当的距离。不要女闺密一有事就心急火燎地赶过去，不要在女闺密面前把你和男朋友之间的事透露得一清二楚；不要在男闺密面前时刻展现女性的魅力，不要在他面前时常撒个小娇，不要经常拿男朋友和他去比较……最后，保持良好的友谊心态，不要时常戴着有色眼镜看待友谊，他对你关心得多了一些，你就疑神疑鬼，那样的友谊也不会长久。

人和人之间，是需要距离的。适当地保持距离，不仅不会疏远朋友之间的关系，还会使友谊更加醇香。试想一下，当你的生活中到处都有男闺密或女闺密的影子，你的婚姻和家庭生活不会受到影响吗？猜忌、忌妒各种负面情绪出现在你爱人身上的时候，你的婚姻生活便岌岌可危了。所以，要学会合理保持和男闺密女闺密之间的距离。和闺密的约会不用那么勤，把你的时间用在经营自己的婚姻生活上；和闺密的通信不要那么频繁，琐碎的生活需要留给自己和家人一起去面对；和闺密的心里话不要聊得那么细，别让心灵的碰撞轻易擦出爱的火花。反过来说，你的闺密也会感激给他／她足够的空间，他／她也需要用更多的时间去管理自己的婚姻和家庭生活。

总归一句话：不管是男闺密，还是女闺密，保持距离最美丽。

－ 女王节，愿你喜得浮生半日闲 －

为了争取妇女权利设立的国际妇女节，在我眼里，俨然就是"女王节"。这一天，女人最大，所有的女人都变身为女王，享受着最高级的待遇。

在外面，无论是商场、餐馆还是电影院，都给予了女顾客特别的优惠。商场的促销广告随处可见，衣服和化妆品等女性用品会推出大幅打折活动。饭馆对女性朋友也是优惠连连，三八节套餐、满百减五十等各种活动层出不穷；电影院，女性朋友可以半价甚至免费观看电影。这一切，提醒着我们：这是女人的节日。

在家里，爱人的照顾、孩子的祝福，彰显着今天如同女王一般的地位。一束芬芳扑鼻的鲜花，装饰了简约的家，点缀了家的温馨。一顿爱人亲手做的晚餐，美酒一杯敬佳人，爱情还不曾走远。孩子美好的一个拥抱，一张亲手制作的祝福贺卡，令人无比感动。这一切，提醒着我们：这是半边天的节日。

在公司，工会组织了各种活动来庆祝女员工的节日。有的公司会举办丽人秀专场，请来美容顾问对员工的穿衣打扮进行培训和指导；有的公司会举办女员工嘉年华活动，踩气球、猜谜语、转凳子等各种小游戏，来活跃职工气氛；有的公司会开展心理讲座，对广大妇女员工进行心理学讲解和辅导，来排解女员工的压力。这一切，展示给我们：社会对当代女性的理解和爱护。

此外，大多公司会给女员工放假半天，你可以关掉电脑，在男同事羡慕的眼神里走出公司。喜得浮生半日闲，趁着鸟语花香的春天，在这难得的片刻休闲时光里，放下工作、放下家务，邀约姐妹们一起度过甜蜜的闺密时光。或去公园里休闲小坐，让清风抚摸我们的肌肤，让花香馥郁相逢的时光；或去咖啡屋来一杯卡布奇诺，在这悠闲的时光里聊聊生活的点滴，让这交流的短波加深良善的友谊；或去美容院做一个皮肤护理，让暗黄粗糙的肌肤恢复嫩滑光泽，让忙碌的脚步得到片刻的休息。繁杂日子里所失去的轻松时光，在这放假的半天里，得到了还原。

这个世界，一半是男人，一半是女人。男人的坚硬与女人的温柔似乎天然互补。这互补，组成了家庭的幸福，成全了世界的完美。一年之中，有这么一个节日，可以放松身心，可以享受女王般的待遇，是社会进步的体现。封建时代，女人是家庭和男人的附属品，毫无自由可言。如今，身兼多职的女性，有了地位的高度和男人站在一起，却也因为要兼顾职场和家庭而牺牲很多。恰好，在春光明媚的日子里，有这么一个节日，完完全全属于女人。这一刻，你是否找到了女王的感觉？

女人，用柔弱的肩膀撑起了世界的半边天。身在职场，干练的英姿，打拼事业；身为妻子，温柔的辛劳，为丈夫洗衣做饭；身为母亲，坚强的臂膀，为儿女遮风挡雨。女人，请在前行的路上，别忘了疼爱自己。打理自己的秀发，让它柔顺乌黑发亮；锻炼自己的身材，让健康秀美围绕在身上；护理自己的容颜，让娇美在脸上浮现。因为，只有爱自己，才能更好地爱这温暖的世界。

三月八日，一个属于女人的节日，愿你优雅、俏丽如女王，愿你喜得浮生半日闲，在春色正浓的日子里，留住美好的时光。

— 承认自己不如人，是勇者 —

心理学上说，人们对别人超过自己天生有一种抵触心理，这种心理会让你不由自主地采取逃避、忽视甚至奚落的态度。父母表扬别人家的孩子，你会心里直喊不公平，"我哪里比他差了，大人就知道夸奖别人家的孩子"；同学获得的比赛成绩超过了你，你会在心里念叨，"平时还不如我呢，只不过运气好罢了"；同事得到了嘉奖，你会在心里嘀咕，"有什么了不起，如果把项目交给我，我也一定能出色地完成"；一个文友在大刊上发了文章，你直接就忽略了，他写的文章看都不看……如此种种，相信很多人会深有感触，因为生活中的确存在着这样现象。

人生最重要的是端正对生活的态度，对强者总是怀着一种敌视的心理，只会让你继续停留在弱者的位置。承认在某些方面不如人，并不是一种令人感觉到羞愧和自卑的行为。我们要勇敢地面对那一个弱智心态，最重要的是，我们要去了解他们强在哪里？有哪些值得我们学习的方法？甚至虚心请教他人，才能让自己不断得到提高。

逃避、忽视甚至奚落的态度，只会降低你的素质，让你失去学习提高的机会，也让那些比你优秀的朋友远离你的圈子。

有一个同事小王，从来都是眼高手低，好像就他最有能力，最终的结果是绩效考核不及格，然后被公司辞退了。他在工作中最典型的态度就是奚落别人，人缘很差，最终大家都对他敬而远之。同事用一星期的时间画完一个板卡的 PCB，得到了项目经理的肯定。小王知道了，轻视地说，"这么简单的板卡，要是我来，四天就能做完，非得用上一星期，白白浪费项目时间。"而实际上，类似的一块板卡他足足用了十天，这样的例子在工作中频频发生，这种仇视强者的心理让这位同事的人缘越来越差，他却不知道自己的问题，最终只能被辞退。

社会上成千上万的人，每个人都各有自己的长处和短处。正如十个手指头，有长有短，我们才能更好地抓握东西。认识到这一点，才能更好地面对别人比自己强的状况，才能克服忌妒、轻视、奚落的心理。要知道，他在这方面比你强了，一定会在其他方面比你弱，你只盯着他比你强的部分，然后就逃之夭夭或敌视忌妒，只能说明你的心理境界有待继续提高。尺有所短，寸有所长，面对别人的优点，承认自己不如人，把自己放在虚心请教的位置，才能彰显人格魅力，也才能不断完善自己。

承认自己不如人，是一种勇者的生活态度。端正心态，虚心做人，你的朋友才会越来越多，你的人生才会越来越精彩。

－ 做一个生动的人 －

作家毛志成曾经说过：人生的最高境界，是做一个生动的人。

　　一个生动的人应该是什么样的呢？他一定是个乐观的人，不会因为生活的困苦失去了前进的动力。在人生的低谷不自暴自弃，哪怕狂风暴雨，也要笑着面对每一天。有位朋友开了一个小餐馆，生意不是很好，只能维持家用。她每天认真地做好每一道菜，每天都很热情地和顾客打招呼，脸上始终洋溢着温暖的笑容。家里盖房子缺钱，老父亲病了需要照顾，孩子高考失利只考上最普通的三本，每年学费和生活费就好几万……生活的压力沉重地压在肩膀上，可是从来没见她愁眉苦脸的样子。她常说，长吁短叹又能如何，不如笑着去迎接每一天，要相信日子总会越过越好的啊。是啊，日子总会越过越好，因为她的认真和热情，小店的生意好了一些，加上爱人出门打工，两人合力慢慢地还清了债务；父亲病好了以后身子硬朗了许多，有时候还会来她餐馆帮忙；孩子暑假打工赚了第一桶金，给她买了一件漂亮的连衣裙。那一刻，她的笑容生动极了。

　　一个生动的人，他一定是一个甘于平淡的人，不会对物质无限地的追求迷失了自我，不会因为和别人炫耀攀比失去了笑容。我有位同学，大学毕业后就回到了家乡的小城市，找了一份电台技术员的工作，一干就是十几年。这十几年，很多同学在北上广混得风生水起，他仍然在小城市十几年如一日地做着技术。每次同学聚会，他都热情地和大家打招呼，从来不会因此躲到人群后面去。也许他的物质生活是没有北上广同学的优越，可他有一颗富足的心，那颗心平和而有力量。如今，他已经成了电台的资深技术员，也被推选为副台长的候选人，儿子考上了重点大学，妻子在银行工作，很美好的一家三口，幸福地生活在生动的世界里。

　　一个生动的人，他一定是一个热情的人，对人对事总是怀着十分的热情，不会冷漠自私地面对生活中的一切。我身边就有这么一位同事，每次有同事在工作中遇到问题，他都会热心地前去帮忙，每次开会同事们争吵不休或沉默不语的时候他都会站出来圆场。他的热情让同事们都很喜欢他，也经常得到领导的赞扬和肯定，一度获得优秀员工的称号。他的热情，让他的笑容和语言都生动极了。

　　做一个生动的人，要拿得起放得下，不纠结于过去的往事，不迷醉于灯红酒绿。失败了，汲取经验教训，整理行囊重新上路。沉浸于往事失败经历里的人，目光看不到前方的风景。对物质生活的过度追求，容易让一个人迷失自我。对生活知足，是一种内心的平和，是一种生动的心灵幸福。

做一个生动的人，让每一份微笑都来自心灵的深处，每一份问候都带着诚挚的温暖，每一滴泪水都带着真实的情感。收起冷漠自私的面具，远离期盼失信的篱笆，从今天起，做一个生动的人，用乐观、平和的心态面对人生，笑看春暖花开，喜闻鸟语花香。

－ 做一个自带温暖的人 －

著名作家马德写过一篇文章，文章题目是《自带温暖的人，不会寒冷》，他在文章中这么写道，"人要活到自带温暖，才会永葆温暖"。一个自带温暖的人，一定是善良、理智、豁达的人，不会在别人需要帮助的时候冷漠地转身走开，不会用势利眼看待社会的贫富差距，不会用虚伪、自私的面具把自己包裹起来。

做一个自带温暖的人，不会因世界的冷漠而袖手旁观。一个医学院的姑娘，在看到大街上一个小伙子晕倒在地，不由分说上前做了急救措施，在人来人往的大街上不断地做着心脏复苏的按压动作，直到急救车赶到。小伙子被抬上了急救车，她才捋了捋满是汗水的头发站起来。走的时候她没有留下电话，只问了小伙子会送到哪个医院，她说那样可以继续关注他的救治情况。在经常被考问"老人摔倒要不要扶"的现实社会里，做一个自带温暖的人，不因外界的冷漠而变得自私，充分利用自己的温度去温暖他人，这是这位医学院姑娘身上的温暖。

做一个自带温暖的人，不会因人与人之间的隔阂而远离人群。一个新毕业的学生，刚参加工作，发现公司同事间的交流并不顺畅。她并没有像其他人一样收起自己的真诚和欢笑，而是像一只欢乐的蝴蝶翩翩飞入人群中。她虚心向老同事请教，认真听从老同事的建议，真诚地感谢他们的帮助；她团结一起入职的同事成立学习小组，大家一起攻克工作中的疑难杂症，用团结的力量取得一次次飞越。慢慢地，大家的微笑多了起来，同事气氛融洽了。在竞争为上的复杂社会里，做一个自带温暖的人，让身上的温度散发着温暖，影响身边的人，这是这位新毕业的学生身上的温暖。

人要活到自带温暖，才能心平气和看世界。在别人飞黄腾达的时候，不虚伪地前去追捧，不死皮赖脸地要求帮助，学会自食其力是自带温暖的动力；在自己成功的时候，不期望前呼后拥的局面，不耀武扬威地四处显摆，学会低调处世是自带温暖的内因；在别人穷困潦倒的时候，不会用居高临下的眼神看待他们，不会自私自利地把能力范围内的帮助掐死在萌芽状态，善良待人是自带温暖的基石；在自己遇到困难的时候，不气馁、不退缩，勇敢地面对困难，勇敢和坚强是自带温暖的堡垒。

不是所有的微笑都是虚伪的，不是所有的冷漠都来自本心。做一个自带温暖的人，把微笑带在脸上，把真诚请进生命。任人生灰头土脸还是流光溢彩，温暖一直都在。

− 人生需要境界 −

王国维在《人间词话》里写道："词以境界为最上。有境界，则自成高格，自成名句。""境界非独谓景物也，喜怒哀乐亦人心中之一境界。"可见真感情者谓之有境界。纵观人生，也是如此。喧嚣中保持一颗安静心，繁华中安放一颗简净心，任世间熙攘何尝不需要境界呢！

有位朋友，酷爱喝茶。上班第一件事是泡上一壶茶，喝上几口，让茶香慢慢地沁入脾胃，好像一天的工作就有了头绪，不浮躁、不抱怨，事情安排得井然有序。有亲友来访，总是要拿出最好的紫砂壶和最好的茶叶款待，人生之事缓缓道来，不义愤、不夸大，在交流中虚心接纳朋友的意见。工作中从不见他和同事有矛盾，凡事第一步都是让自己沉静下来。生活中从不见他和邻里起争执，总是热忱而友好地对待他人。与茶相约十载，他俨然已经在茶香中静了下来，怀着一颗朴素心，沉淀人生的睿智，不因世间困苦而背弃生活的初衷，不因世间喧哗而放弃美好的追求。

　　看著名作家马德的散文集，其中有一个故事，让我印象十分深刻。有一位画家，在乡村画画，渐渐有了名气，有朋友劝他去大城市发展，甚至承诺可以给他安排绘画工作室，画家拒绝了。他仍然天天背着画框在乡间写生，经常和路过的农人打招呼，从不以艺术家的名义高高在上地拒绝乡亲的拜访。画作不标昂贵的价格，只要够生活就好，有时候碰到有缘人半价也卖。这样的日子过得悠闲而自在。懂得自己对生活的期望，不为外界所干扰，这也是一种境界。

　　人的欲望越大，心的海洋便愈加波涛汹涌，而相反，抓住自己对生活的期盼，并坚定地执行这一意愿，用一颗素净的心面对尘世纷扰，在这样的境界里，获得心灵的宁静与美好。

　　我们的人生需要境界来安顿我们的灵魂。纵然世间两面三刀，我自善根植心间；纵然人生风雨无常，我自安然对风雨；纵然人间多虚与委蛇，我自真心对明月。以一颗善良心的境界面对生活，生活就会还你温暖；以一颗正直心的境界面对生命，生命就会还你阳光；以一颗安静心的境界面对世界，世界便不再繁杂；以一颗简净心的境界面对人生，人生便少了一些欲望。

　　在境界中活出诗意和远方，学会享受平淡日子里的点滴。功名利禄的枷锁，束缚的不只是身体，还有灵魂的归宿。摆脱枷锁，在人生的境界里安放心灵的诗意，抵达人生的自在与轻松。纷繁复杂的欲望，捆绑的不只是身体，还有心灵的宁静。删减人生的欲望，不在灯红酒绿里迷失自我，抵达人生的自得与快乐。

　　我们需要境界，来规范我们的行为和思想，来压制我们的欲望和急躁。人生有了境界也就有了圆满的可能。

－ 放下手机，让爱百分百陪伴 －

这个世界，几乎人人都犯了手机病，拿着就不想放手。微信和智能手机的普及，使得这种现象更为普遍。地铁里，放眼望去都是低头族，盯着屏幕，沉浸在方寸世界里；路上碰到行人，低头一边看手机一边走路的比比皆是，因此发生车祸的事故并不少见；开车低头看手机的坏习惯，在行车途中也屡见不鲜，剐蹭、追尾层出不穷……

明明有那么多的案例，可是，看手机带来的危害，大家真的放心里了吗？

前阵子，有个新闻很是令人揪心。一个孩子在泳池玩水的时候，从浅水区走进了深水区，挣扎了3分多钟，最终溺毙。录像显示，当时孩子的妈妈就在泳池边离孩子3～4米的地方，只是她的注意力没在孩子身上，而是一直盯着手机屏幕。一个鲜活的幼小的生命，就这样带着还没好好看世界的遗憾离开了人间。如果母亲的注意力一直在孩子身上，这样的悲剧还会发生吗？深水区也只不过1.3米的深度，她完全可以跑过去把孩子抱起来啊！

因家长盯着手机屏幕，而没把注意力放在孩子身上，最终导致悲剧发生的例子比比皆是，看得令人触目惊心。一位母亲在房间内玩手机，一岁两个月的孩子跑进卫生间玩水，掉进水桶溺亡；一位母亲带着孩子在小区玩，因为自己看手机没注意孩子，导致孩子被汽车撞倒，抢救无效宣布死亡；一位母亲一边看手机一边走，身旁的孩子失足从电梯缝隙间坠落，因头部着地当场死亡……这么多血淋淋的教训，还不能敲响父母的警钟吗？难道一定要等到失去了再来后悔吗，可是那时候，后悔还有什么用呢？

放下手机，让爱百分百陪伴，生命只有一次，失去了就不会再回来。人生也没有后悔药，也没有机器可以让时光倒流。陪孩子的时候，用上百分百的专注力，时刻关注着他的视线，不要让意外无情地降临到孩子身上；陪老父老母的时候，用上百分百陪伴，不要一边盯着手机屏幕一边嗯啊之语应对父母；和亲友聚会的时候，用上百分百的注意力，别让聚会成为一群人在低头的盛况。

在手机微信、QQ、微博、各种 APP 铺天盖地充斥着生活的今天，手机俨然成了我们的心灵鸦片。似乎有一种无形的力量总是压迫着我们，让我们不自觉地拿起手机，放任自己在网络世界里漫游。放下手机，也许是有些难度，但我们都是成年人，应该有足够的意志力冲破欲望的防线。别等到了意外的发生，那时候，再后悔也已经于事无补了。

少了手机的陪伴，视线不离左右，让专注的心充满陪伴的空间，欢乐就会百分百。防患于未然，请用坚强的毅力克制自己想要看手机的欲望，放下手机，让爱百分百陪伴。

－ 感谢生命中鞭策你前进的那个人 －

每个人总有自己不敢尝试的东西，也许是因为胆子小害怕，也许是因为内心自卑怕出错，如此种种，似乎总能找出理由来解释自己的担心害怕。

有个朋友，不管开长途还是夜路，不管有多辛苦，家人一起出行的时候，从来都是一个人当司机。我问他，"为什么不让你老婆开一段路啊"，他说，"她害怕人多、车多，不敢开"。就这样，出门自驾旅游的时候，他经常一个人开几个小时的长途，没人跟他交换一下。有一次，一家三口从内蒙古开车回家，差点因为瞌睡出了车祸。

其实，我也担心，也怕人多车多，我也曾打退堂鼓放弃开车上路。

记得我刚学开车的时候，觉得开车太复杂了，又要手脚配合，又要眼观六路耳听八方，实在是担惊受怕得不敢上路。于是，我跟先生嘟囔，"开车那么复杂，我觉得我开不了"。我期待着先生温柔地说，"实在不敢开就算了，打车上班也行"。先生却给我泼冷水，立马来了一句，"你不缺手，不缺脚，也不缺脑子，怎么就开不了了"。战战兢兢地被他"押着"上了路，陪练师傅坐副驾，先生坐后座，哪怕我手心发汗，脚发抖，都必须得到马路上去战胜我的恐惧心理。10次陪练课结束以后，胆子大了一些，但还是不敢独自上路，先生又坐副驾陪我开了好几次车。后来，他把车钥匙交给了我，放手让我自己去开车。如今，我已经是十几年驾龄的老司机了，每次我家自驾出远门旅行，我都会在先生累了的时候替他一会儿，好让他有足够多的时间休息。回想当年，如果我先生和我那位朋友一样，对我的开车恐惧心理听之任之，恐怕到现在我仍然不敢开车上路。

有人宠着是一种幸福，有人鞭策着往前走，也是一种幸福。朋友的老婆是幸福的，她不用担惊受怕地开车上路，可以安心地坐在副驾上享受旅途。但朋友却要承担更多的压力和辛苦。我觉得自己也是幸福的，我可以独自开车出门，可以分担先生的压力和辛苦。私心地以为，这种幸福比坐在副驾上享受来得更浓烈一些，因为我在爱情领域里可以分担爱人的辛苦，和他一起携手前行。

除了开车，生活中在很多事情上，每当我有恐惧、害怕、退缩之类的心里，我先生总会在我背后推一把。老师推荐我给孩子们关于如何培养兴趣上一课，我一想到要站在讲台上就紧张，先生督促我在家"演习"了好几遍；在泳池里学游泳，我怕水怕得要命，头都不敢往水里放，他会猛地给我浇一盆水过来，让我无可逃避……如今我可以自信地站在讲台上，也可以在游泳池里自由地游来游去了，这一切都要拜赐于先生对我的鞭策。

面对恐惧心理，如果听之任之，这种心理只会让我们止步不前。如果正好有个人拿起"鞭子"鞭策你去战胜这种恐惧心理，让你得到了进步，从而提高了生活和工作的质量，是不是一件很美好的事呢！所以，感谢生命中那个鞭策你前进的人，是他的鞭策让你战胜自我，成就更好的自己。

- 不要让不忍心坏了原则 -

孩子贪玩，没有自觉性，所以总是会在没有大人监督的时候不自觉地犯错。你刚叮嘱完"先做完作业，别玩手机"，也许你转身没几分钟，他就玩起了手机游戏；孩子淘气，对世界充满了好奇，所以总是会做一些大人认为犯错的事情。你刚给他换上干净衣服，他转身就跑到门口的水坑里蹦蹦跳跳，弄得满身是泥。有些错，无关大局，也不会影响孩子的成长，大人说教几句也就罢了。有些错，必须纠正，无论孩子如何哭闹，都不能心软。因为一次的放纵，只会引来更多次的放纵，从而导致恶性循环，犯错、训斥、心软、放纵，循环往复，最终犯过的错只会越来越多，最终导致不可挽回。

记得有个周末，儿子周六玩了一整天，周日又有课外班，最后把作业拖到了周日晚上。吃了晚饭之后，儿子一点都没打算认真做作业的样子，一会儿吃水果，一会儿玩手机，就是不坐下来安心写作业。孩子爸爸训斥了几句，他干脆一边嘴里念叨着"没思路，写不出来"一边直接就躺在了床上。忍无可忍的爸爸终于怒了，直接把孩子从床上拽起来，强行拉到课桌前，并且要求无论多晚都必须把作业做完。

"一个小时做不完，就给你两小时，两小时做不完，就一个晚上，不写完就别睡觉。我就陪着你，直到做完为止。"时间嘀嗒嘀嗒地过去了，孩子坐在课桌前发呆，我看时间已经过了应该睡觉的时间，看着他一边打着哈欠一边流着眼泪，我有些不忍，几次想过去叫孩子先睡觉。孩子爸朝着我直使眼色，不让我过去打搅。那个晚上，在孩子爸爸的坚持下，孩子还是把作业做完了，那时候已经是十一点多了。

只要是孩子都会犯错，在纠正孩子错误的问题上，不要让不忍心坏了原则。你一边勒令孩子面壁思过，到了饭点就不忍心让他继续站下去，那样的结果只会半途而废，达不到教育的目的。记得小时候，我那调皮的哥哥有一次把卷子的分数从68改成了88，被父亲发现了。恼怒的父亲把我哥关在房间里打，谁也不让劝，心软的母亲几次想敲门让父亲别打了，最终还是强忍住眼泪没有去敲门。那一次父亲打得真狠，后来，哥哥学习用功了，也考上了大学，总算棍棒下成了才。

现代的教育已经不提倡打骂了，但面对孩子的犯错还是需要有必要的惩罚措施。宠爱不是放纵，心软不是利用，不要让一时的不忍坏了原则，让孩子走上错误的不归路。

－ 融入孩子的朋友圈 －

孩子长大了，渐渐有了自己的朋友圈，也有了自己的小秘密。他开始在手机上设密码，开始把自己房间的门锁起来，俨然有了自己的小世界。

此刻，大人心急如焚。他关在屋里做什么，打游戏？看网络电视，还是 QQ 聊天？于是，经常敲门，端茶送水，一会儿送水果，一会儿送牛奶，忙得不亦乐乎，期望能探得一点小秘密。他的手机有密码打不开，手机里都有什么秘密？安装了手机游戏？和男同学天天讨论游戏攻略？大人们又不淡定了，心里焦躁不安。密码试来试去，就是打不开，想要了解的秘密也就真成了秘密。

那天，孩子门没锁，他爸进去后一看，孩子竟然忘记了英语公开课，在玩电脑游戏。他爸怒火上涌，狠狠地把孩子吼了一顿，孩子沉默，之后就各自干自己的事了。吃晚饭的时候，他爸把孩子叫住了，餐桌上两人竟然聊起了游戏，从装备到等级，从人物到战略，我听得一愣一愣的。对他爸挤眉弄眼，希望他能尽快从学习效率入手，别把时间浪费在讨论游戏上。可是，他爸不仅没接受我的意见，反而把我支开了。父子俩继续讨论游戏，直到孩子把游戏里的人物、事件、进阶全部介绍完毕，他爸才开始语重心长地切入正题。

后来，他爸说："尊重孩子，就是得让孩子有话跟你说，而不是在你说教的言辞里让他烦不胜烦"。此后，在空闲的时间里父子两人经常一起讨论游戏，有时候甚至一起联网打游戏，像哥们儿一样打成了一片。孩子的时间规划更有效率了，平常也会找爸爸沟通学校的事了。虽然手机还是设置着密码，但愿意和他爸爸沟通，我们也就放心了。孩子，本身也是一个独立的个体，有他自己的秘密也很正常。作为有幸挤入儿子"朋友圈"的父母，自然也应该尊重他的秘密。

随着孩子的长大，让自己融入孩子的朋友圈，参与孩子感兴趣的话题，让他放下心里的戒备，觉得父母是可以信赖的朋友。那么，话闸子一打开，再多的秘密也不再是秘密。因为，他总会愿意把他的小秘密分享给你，让你随时可以了解他的学习和生活状态，这样也就不再会因为孩子的秘密而剑拔弩张了。

尊重孩子，从融入孩子的朋友圈开始，父母不再是高高在上的威慑，而是可以平等对视的朋友。

－ 父亲写的散文诗 －

听李健唱《父亲写的散文诗》一遍又一遍，朴实无华的歌词，却似乎有着无限的张力，随着音乐娓娓道来的感觉直达心底，引人不由潸然泪下。

随着岁月的流逝，父亲已经白发斑斑，沟壑爬满了眼角，青春已经渐行渐远。年轻时，把孩子爱到了骨子里，用双手托起我们的希望，用肩膀撑起我们的家园；年老后，仍然把孩子们牵念，用老迈的步伐安定我们的生活，用驼了的背架起距离的遥远。

这就是我们的父亲。儿时，他是我们的山，守在他身边，心里便觉得踏实温暖。他有力的怀抱是童年的欢乐，他毫无保留的鼓励是少年的欢颜；他的谆谆教诲仍然在脑海深处流连，他的背影仍然在往事的路上呈现。如今，他的皱纹里填满了故事，他的白发里书写着时光的变迁。

一首《父亲写的散文诗》，父亲的身影呈现在眼前。穷困的日子已经远离我们的生命，为了一块饼干也要去找邻居借钱的心酸也已不再，只是，时光把我们的父亲从青春焕发的青年人变成了老态龙钟的老年人。

"我的父亲已经老得像一个影子。"一句歌词直接就戳中泪点。我们长大了，父亲却老了。时光拉不回过去，容颜无法回到青春当年。珍惜现在的每一天，把爱大声地表达出来，深情不及陪伴，愿距离不再是亲情的障碍。多回家看看，是爱的最美表现。陪着他们散步，陪着他们聊天，让年老的日子不再孤单。如果可以，就把他们接到身边，陪着他们一起慢慢变老，把每一个日子过得圆满。

李健的一首《父亲写的散文诗》在夜色里悠扬，动情的音乐、入心的歌词，今夜，父亲是最深的思念。

04

剪一段慢时光，
舞一段轻岁月

时光似乎很慢，我们可以慢慢地走过春夏秋冬的四季更迭，

我们可以缓缓地走过人生的每个阶段。

只是回望旧岁月的时候，时间为什么走这么快了呢？

不同的感受，是因为站在时间的不同角度，唯有珍惜，才是人生。

－ 剪一段慢时光，舞一段轻岁月 －

假如不看秒针快速地运转，只看时针慢悠悠地前行，恍惚觉得时光很慢很慢；假如不是相隔几个月甚至一年才见一面，只是一天天地陪着孩子成长，仿佛觉得光阴走得极度悠闲。在这渐渐溜走的时光里，我们拥有时光缓慢的脚步，我们抓住和孩子在一起的每一个成长片段，我们不放过每一个成长的小细节，如此悠然岁月，正是你我所喜欢的悠闲时光。

剪一段慢时光，在纯真的笑容里，与孩童一起度过日常的点滴，陪他度过每一个成长的阶段，让一颗心感知他的欢笑、他的欢喜、他的满足。那些陪伴的时光，跟随着成长中的记录，第一颗牙的惊喜，第一次迈开脚步的欣喜，第一次叫妈妈的欢喜……那些不可复制的时光随着孩子的慢慢长大而显得愈发珍贵，每一个第一次都成了生命中无法购买的珍宝。陪伴，成全了我们的慢时光，纯真而美好。

可是，都市的节奏常常太快，我们一转身便已错过很多身边的风景。路边一朵鲜花的绽放，只有缓慢步行的人才能看得见；天上一朵云彩的舞蹈，只有停下脚步抬头欣赏的时候才能看得到。一本书的光阴，需要静坐慢阅，一段美好的文字，需要一颗安静的心融入其中。

剪一段慢时光，在字句都生出花香的文字国度里轻舞岁月，让一颗心跟随着墨香的芳菲轻歌曼舞，让光阴在书文的世界里缓慢流淌。都说，爱书的女子最有气质，那一份闲庭信步里满含文字的迷香。"枕上诗书闲处好，门前风景雨来佳"，寒冷的冬夜最适宜在温暖的被窝里躬身而坐，随手拿起枕边的书，吟一段婉约的宋词，诵一首豪放的唐诗，读一个走心的故事，看一段世间佳话，一颗心仿佛也随着文字的氤氲美好起来。

年少时，也曾喜欢酒吧里的嘈杂，在快节奏的音乐里仿佛身心都在跳跃，整个人都轻松起来。那种刺激和欢快，正是年轻时的活力所喜欢的。而如今，还是那样的音乐，听在耳里却总觉得刺耳难忍。此时，一曲高山流水的古典音乐或浪漫优雅的钢琴曲，更适宜在流水的光阴里轻缓而至。一段轻音乐的时光，需要一颗安静的心灵，随音乐轻舞飞扬。

剪一段慢时光，在轻歌曼舞的一段轻音乐里轻舞岁月，让听觉在美妙音乐的节奏里缓慢呼吸，让心灵在优美动听的音乐国度里安然放松。听丝竹管弦，铮淙入耳，涤荡着心灵里的每一丝浊气；听风箫鸾管，靡靡之音，润滑过心胸的每一个角落。慢下来的时光，可坐于沙发一角，闭上眼睛静静地欣赏，把自己从繁忙的事物中释放出来。也可让一段钢琴曲的旋律响彻在整个屋子里，让这悠远脱俗的意境充满整个身心。

浮躁和喧闹，常常会吞噬心灵的宁静，酒杯中的时光，曾错以为最是浓情，于是总把自己置身于觥筹交错的光阴里，嬉笑怒骂十分恣意。酒精的刺激，释放的是年轻时的潇洒。而如今，那杯深情的酒却不愿再多喝几口，浅淡了的心事更喜欢一杯茶的心静，于年华的拐角之处，用一盏茶的时光，相约一份浅淡的心情。

剪一段慢时光，在茶韵飘香的一杯清茗里轻舞岁月，让一颗心跟随者水汽的芳踪袅袅婷婷，让光阴在一盏茶的时光里静静流逝。都说，爱茶的女子最是淡泊，那一份成熟稳重里满含着清淡的茶香。"半壁山房待明月，一盏清茗酬知音。"孤独的人是寂寞的。独自饮茶，时间久了，便会生出一颗忧伤的心。淡泊的女子，不惧岁月寂寞的洗礼，却也更喜与三两知己共一盏茶的光阴。所谓知己，惺惺相惜，总能谈话中获得一份饱满与温暖的感觉。一盏清茶的时光，需要心灵的宁静，和着四溢的茶香把喧嚣和纷繁轻放。

一份静的心情，成全了一段慢的时光，也馈赠了一段轻盈的岁月。人到中年，已经不适合剧烈地奔跑，放慢速度，舒缓身心，剪一段慢时光，走过春夏秋冬的芳华。走累了，停一下脚步，抬头看看天空飞舞的云朵，低头欣赏迎风摇曳的鲜花，把多姿多彩的世界请进行走的生命。随着年龄的增长，拼酒论道的喧嚣已经被岁月长河淹没，不如这一盏茶的慢时光，淡淡品尝茶带来的味道，慢慢品味生活给予的滋味。

　　脚步太过匆忙，总会错失美丽的风景，生活也会寡淡无味。为生活所奔波的时候，记得剪一段慢时光，轻舞一段美好岁月。拿出足够的耐心陪伴孩子的成长，陪他一起玩乐，和他一起孩子气地放声大笑，每一次陪伴都将是生命长河中最鲜艳的花朵，开在孩子心上，像一缕冬日的暖阳，照在他的人生道路上。孩子的真实，孩子的纯洁，孩子的良善，都会在饱经沧桑的心灵里种下希望的嫩芽，让心灵为这依然美好的点滴而感动，让生命为这依然温暖的陪伴而动容。

　　剪一段慢时光，把美好的希望根植于心灵之中；舞一段轻岁月，在负重前行的路上放飞心灵的包袱。慢下来的时光，轻盈的岁月，使我们懂得：生活的美好，依然在我们内心熠熠生辉。

− 重拾一段搁浅的时光 −

时光的陌上，多少年华清歌在岁月中百转千回，多少青春往事在光阴中依恋不舍。走过红尘岁月，迈过青春光阴，征程的途中，多少路口等待我们去选择一个前进的方向，每一个不同的选择或许就会抵达不同的人生。此刻，让我们停下快速前进的脚步，收拾疲惫的行装，回望来时的路，重拾一段搁浅的时光。让那些走过的道路，铺垫我们明日的希望，让那些过去的往事，充实我们前进的行囊。

重拾一段搁浅的时光，四季的风景在眼前流转，美妙的人生在时光中闪闪发光。

我喜爱春日的千娇百媚，青山绿水的情意悠远而缠绵，每一颗坠入凡尘的心都能感受到尘世间的温暖；我也热爱夏日的热情奔放，夏花绚烂的风情总是令人心神荡漾，每一颗跳动的心都能感受到属于青春的火热；秋天的丰硕和萧索共存，就像我们的人生，快乐与悲伤同在；站在冬天苍茫的画卷上，雪白的画布任由你泼墨绘画，人生的舞台任由你精彩演绎。

春花秋月，四季更迭。我们的人生，就是在这四季光阴中一步步走向未来。

重拾一段搁浅的时光，多情的岁月缓缓走来。孩童时的天真烂漫、年少的朴实无华、青春的火热奔放，都随着时光的幕帘拉开。那个纯真无邪的孩童，双眼盛满了对人生的渴望，每一个欢快的步伐都写着明天的希望；那个明眸善睐的少女，沉浸在书本的海洋里，每一次翻阅都充满了努力向上的力量；那个步履坚定的青年，双肩背起沉甸甸的包裹，挺起胸膛毫不畏惧地走向远方。那些热切的眼神、那些努力的背影、那些坚定的步伐，都是我们的财富，成就了今天的时光。

漫漫人生征程，我们终将走向那一个已知的终点。走向终点的这一段人生路，在我们脚下，要把它走得平淡乏味还是妙趣横生，需要我们自己的脚步去丈量。没有人能代替我们的人生，没有人可以馈赠我们更多的时光，匆忙前行的时候，别忘记停下来歇一歇，回首来时的那段路，重拾一段搁浅的时光，翻阅过去的青春和梦想，回味曾经的执着和坚持，继续上路的时候便有了一往无前的力量。

重拾一段搁浅的时光，收纳那些欢乐的瞬间，收藏那些悲伤的泪水，回忆那些走过的弯路，纪念那些不安的彷徨。用过去构筑梦想的堡垒，用回味沉淀人生的智慧，背上时光的行囊，迈开有力的步伐，走出精彩，走出优雅，走出幸福平安的一生。

人生的征程，我们一直在路上。累了，倦了，记得停下脚步，回望过去，重拾一段搁浅的时光。

－ 站在时光的渡口，等一场春暖花开 －

青春不曾谢幕，岁月还在流转，我站在时光的渡口，等一场春暖花开。

眼前的河流，随着时光的流逝而多变。在清晨的薄雾中，它如娇羞迷人的少女，在轻纱中曼舞，身姿婀娜，舞影曼妙，踩着轻缓的舞步缓缓走过。那一双明亮的眼，充满了青春的希望。在中午明媚的阳光照射下，它又变身为朝气蓬勃的青年，在日光下挥舞着拳头，铿锵的步伐豪迈而有力。那一双肌肉健壮的臂膀，充满了青春的力量。傍晚时分，夕阳西下，眼前的河流缓缓流淌，似那稳重成熟的妇人，陌上归来，嘴角含笑，那温柔是生命的姿态，安然地走过人生的每一段旅程。夜晚，星河闪耀，河流在星光中泛着丝丝闪亮的光芒。那是智慧的老人，在度过了多少春秋之后的沉淀，睿智、平和的眼神，像闪耀的星星照亮了年轻人的道路。

站在时光的渡口，回望旧时光的雕刻，生命的年轮上已经伤痕累累。谁不曾在年轻的时候犯过错？跌倒了，爬起来，擦掉泪水，继续上路，人生的道路不会因为一次错误而停滞不前。谁的心灵不曾结过伤痛的疤痕？人生的每一场离别，都会化作泪滴刻在心灵里，化成痛化成悲，化成人生道路上的泥泞，留下深深浅浅的脚印。旧时光，是青春里的烙印，是岁月的印记，在我们的人生旅途中留下厚重的一笔。是伤痕，让我们重新找到了方向；是悲痛，让我们铭记时间的宝贵。踩着旧时光的足迹，站在时光的渡口，把生命的过往点滴都珍藏在心里。

人生的故事走过一茬又一茬，每一段经历都成全了人生的厚重。花无百日红，人无万年长，在有限的时间里，每个人都只是沧海桑田中的一粟，如何在这短暂的光阴里留下最值得回味的时光？如果爱，请深爱，不要让埋怨和争吵成为生活的常态；一份来之不易的工作，请珍惜，请努力，不要让后悔和遗憾填满我们的光阴；一个温暖有爱的家庭，请珍爱，请顾惜，不要让冷淡和隔阂割裂家的温暖。

站在时光的渡口，回味旧时光的记忆，等一场春暖花开。花事摇曳的春天，最能渲染如水的年华，把一场春风的迷醉注入生命，送一池春水的洁净滋润心灵。让这春暖花开的光阴，温暖每一个匆忙行走在岁月中的过客。让那鸟语花香的春天，芬芳每一个平淡而忙碌的人生。

春幕初起，等你赴约

　　春风吹绿了柳枝，纤细腰肢探入溪水，一幕春绿映入眼帘。等你在初春的柔媚里，静坐成痴心的种子，等着雨水滋润心灵，等着阳光温暖心扉。从此，生根发芽，长出枝丫，最后，开出一朵春花的模样，那颤动的花蕊，张开了渴盼的目光，等你在春色里赴约。等你，轻闻一缕花香，轻抚一瓣花魂。在你的手心，娇羞成岁月的甜美，温柔一生的时光。

　　春雨润湿了绿茵，翠绿裙衫铺满大地，一幕春色坠入脑海。等你在初春的柔情里，我愿化身为长袖善舞的女子，等你赴一场春日的约定。我已备好了笔墨，等你在一池墨香里描摹春天的模样，你若执笔，我便安静地站在身侧，不指点你的构思，不打乱你的思绪，只等你散尽颜料把春天勾勒。从此，春天就在你我心里，温暖就在你我心间。只要你一回头，便可看见我安静地站在你的身侧，眉目含笑，分明是春天的模样。若你愿意，我便舒展云袖，舞动腰肢，跳一曲春的小调，点亮你的眼神。

北方的春，总是来得要晚一些，所以我已经等得够久了。我已经用尽全力，放一颗等候的心在花开的时光里，等你赴一场相守春暖花开的约定。我已经尽我所能，放一颗真心在红尘路上，等你赴一场共研墨香的誓言。春风十里，不及你的回眸一眼；春水涟漪，不如你的执笔一笑。缱绻的光阴为你等候，柔情万丈，终有一颗尘世不老的心。缠绵的时光为你等候，红尘千里，总有一个人只为守候另一个人的到来。

我愿，在满园春色里读一阕小令，装点小径的风景，让这诗情画意铺就你来时的路。也许，你可以遥遥地感知我的清音，走来的路上便不再孤寂。我愿，在春暖花开的时光里站成一道参天大树的风景，远远地便可以看见你走来的身影，你的每一个坚定的步伐，都在我的目光里凝聚成不老的时光，雕刻在我的心灵之上。在你的脚步越来越近的时候，我转身跑回我的阁楼，描眉、扮妆，待你如约而至。泡上一杯清茶，温润你长途跋涉的干渴……

有你的约定，岁月不再薄凉，时光不再冷寂。守一个约定，在春暖花开的光阴里，漫长的日子有了靠岸的港湾，坚定的等候有了春花烂漫的芳香。春幕初起，百花争艳，站在春色的屏障里，等你赴约。等你赴一场相守四季红尘做伴的约定，携一缕春日的暖阳上路，红尘陌上，一份相知为伴，前行的道路不再孤单。风雨人生，一份真心同行，未来的旅途不再清冷。

春幕初起，拉开一帘春花的心事，等你赴约。

－ 等待的光阴，把自己修炼成铜墙铁壁 －

你可曾有过那样的时光。等候一个电话，等到月朗星稀，睡眼蒙眬。心里仿佛有千万个虫子在胸腔里来回穿梭：电话，怎么还不来？等候一封书信，等到时光苍白，心事渐湿。脚步总是不听使唤地冲向邮箱：信呢，怎么还没到？等待一次约会，等到脚步蹒跚，身影消瘦。眼神总是不断地望向远方：人呢，怎么还不见？

总有一些时光，在等待的心事里消瘦，剪辑成岁月的怅惘。总有一些希望，在等待的点滴里漫长，漫长成岁月的蚕丝，缠绕着等候的时光。等候的光阴，忽然就走得慢了，时钟嘀嗒作响，心事缠绵成茧。其实，慢的不是时光，而是一颗心的念想。

当暗恋突破心理防线，一封书信从心海起航，抵达思念的彼方。等待回信的时间，倏忽间就变得枯燥而漫长。心里不由自主地念叨：他收到后，会是什么表情？是搔头抓耳不知所措，还是一脸木然把信置诸脑后？是面带微笑一脸欢喜还是眉头紧锁恼怒烦躁？等待的时光，焦躁不安的心，像一个无助的孩子，彷徨无措。他会给我回信吗？他会在信里说些什么？接受这一份清纯的爱情还是拒绝这份恋情……这一个个问题，折磨着等候的时光，消瘦了等待的光阴。心未理，情还乱，日子乏味而无奈，在等待一个宣判的光阴里，瘦了的是身影，乱了的是心情。

可是，这样的慌乱和急躁是不解决任何问题的啊！清瘦的女子呀，请在等待的光阴里，劈开一道浮躁的心腹，斩一段烦乱情丝，把自己修炼成铜墙铁壁。太阳照常升起，窗前的影子依然秀丽迷人，窗台上的绿植依然芬芳扑鼻。趁这等待的光阴，打开心门，让温和的气息窜进你的心海，答案迟早都会有结果的。在或收到结果圆满喜笑颜开或惨遭拒绝心灰意冷之前，这段珍贵的光阴，正好可以理清曾经的心乱和彷徨，想清楚这份情感是不是自己最真实的心愿，理分明以怎样的铜墙铁壁去面对可能最坏的结果。

暂时把满腹的思念抛开，回归小女子清浅的生活。写一笺岁月的书签，夹在时光书本的扉页里，记录一段心情，把埋怨的、彷徨的、失望的情绪全部扔进尘封的垃圾箱里。四季的芳华，厚实而美好。青春的光阴，明快而清脆。当一颗心装满了一个人，理智会被热情蒙蔽。而此刻，等候的时光，正是可以抛开这些思想包袱的时候。用足够的智慧去查验过去的记忆，用十分的理智去迎接未来的脚步。用微笑装点生活，用平和去打点日子，用真实去打造生活的围墙。不管是怎样的结果，你都做好了准备，不哭泣、不乱心，用最好的姿态迎接可能最坏的结果。这般铜墙铁壁，谁又能奈你何呢？

等待的光阴，是属于你一个人的秘密。你原本可以若无其事地和好友出门远行，也可以邀约闺密去逛街贩物。大自然美好的风光，一定会让你遗忘了等候的漫长，在山水之间找到一个完整的自我。琳琅满目的商品，一定会让你忘记了等待的焦虑，在缤纷之中，你会发现一个充实的自己。

每次走过十字路口的时候，我们都要遵守交通规则等待绿灯放行，等待的这刻时光，我们放慢心灵的脚步，让身心和车流一起安静下来。人生中，我们的道路上经过了多少次这样的路口啊！横冲直撞，只会让我们头破血流。缓步而行，放飞心灵，用坚定的眼神、踏实的步伐、充实的自我，把自己修炼成铜墙铁壁。风来，我自站立。雨来，我仍安宁。不彷徨于情感的无措，站成自己希望的风景，等待下一个黎明。

－ 让生命的怒放，成为一种本能的姿态 －

雨幕中，怒放的凌霄花，满是生命的灿烂，用她那绚丽的色彩、以奔放的姿态，本能地点亮季节的色彩。微张的花瓣，朵朵都是生命的绚烂，要把这一季的热情回报给人间。雨露的滋润，那原本含羞带怯的花蕊，也主动地探出了脑袋，要把那最美的姿态展现在你我眼前。

于是，热情的心，便忍不住随着那奔放的姿态，飞越时光和空间的隧道，与一朵凌霄花轻声对话世间的美好。那些可以安放脆弱心灵的家的温暖，正如一朵花所需要的空气，笼罩在我们生活的空间里，使我们的生命有了依靠的港湾；那些真挚的友爱，正如一朵花所需要的阳光，照耀在前行的道路上，使我们的生命有了美好的乐章。

青春，不只属于热情洋溢的少年，也属于稳重踏实的中年。从芬芳岁月中走出的脚步，停留在那一帘盛开的花季，挡不住奔放的青春，放一颗灿烂的心在怒放的姿态。用热情，去浇灌我们的岁月，让每一个日子都充满了绚烂的时光；用坚持，去充实我们的时光，让每一个日子都充满了精彩的片段。

从此，不惧风霜雨雪，不畏艰难险阻。让生命的怒放，成为一种本能的姿态，在心灵里回响。岁月的脚步，丈量着每一个十字路口的选择，踏出了每一个决定人生道路的方向。远方，哪怕没有诗在前方等待，我们也要义无反顾地欢歌前进。把怒放的姿态，化成为心灵的本能，释放出轻盈、睿智、从容、坚强的能量，充斥着人生的每一个瞬间。

坚强，是生命怒放的血液，洗涤着脆弱的心灵，清洗着冷漠的视线。让那份温暖回归生命的姿态，把一颗颗日渐冷漠的心填满柔软的力量，让爱的种子生根发芽成苗壮的大树。大手牵着小手、青年搀扶老年，人生的道路还要这样地走下去。

让生命的怒放，成为一种本能的姿态。黑夜里，不再饮泣悲歌的泪水；冷风中，不再缩回前行的脚步。把血液里的朝气全部打开，让热情洋溢的血管一路畅通无阻，释放出火热、坚毅、淡定、稳重的能量，充斥着生命的每一个空间。

把每一分每一秒的光阴，都化成前行的动力，让生命的怒放，成为一种本能的姿态。骄傲的视线已经成为过去，虚荣的心态也早已烟消云散。成长的代价，刻写在时光的脚印里；青春的硕果，长在虚心的树枝里。让生命的怒放，成为一种本能的姿态，不惹悲观厌世的尘埃，要把有限的生命投入无限的精彩。

－ 品一杯香茗，共一段光阴 －

冬日时光，最适宜慵懒地在屋里闲坐，邀约几位好友，煮上一壶香茗，静静地享受室内暖气带给大家的温度。爱茶之人，大都有一份痴心，一套赏心悦目的茶具便衬托了一壶茶水的静美。这般静好的时光，那一段云水禅心的音乐似乎都带着袅袅的茶香。友人们可以在一杯茶的光阴里，闲话家常，探讨人生中的种种牵绊和真理。也可以各自拿一本书，在如水的光阴里，共赏文字的氤氲香气。时光美好而静谧，世界宁静而安详，置身于其中，便不再为尘世的琐碎所烦扰。片刻的光阴，笑语交流，把冬日的雾霾和寒冷全部都挡在了室外。

倘若雪光正好，雪色正浓，亦可把这一茶桌搬至野外。烤一炉暖火，赏一片雪景，饮一杯清茶，天地阔，世间宽，人生得意须尽欢。山林里静得只有雪花簌簌之声，还有烧开的雪水噗噗之声，一壶茶叶在沉浮中轻语细歌，跌宕起人生的浮浮沉沉。盘膝对坐，轻啜笑饮，人生几何，共度光阴。茫茫洁白见证时光的悠远，皑皑雪影铺垫岁月的浓情，静坐中修得一份禅心，在一杯茶的光阴里静谧成禅。《红楼梦》中妙玉约宝钗、黛玉去喝"体己茶"，黛玉问"这是旧年的雨水？"妙玉回答，"这是收的梅花上的雪，隔年的雨水哪有这样的清醇"。可见，雪中煮茶别有一番滋味，雪水的清醇与茶叶的淡香交融在一起，便成了茶的新生。淡的是茶，浓的是情。

一壶茶，从茶叶落入壶底开始，随着火炉的温度不断攀升，茶叶开始有了变化。每一片叶子的翻滚，都是一段独有的人生。从静到动，再归于静。茶叶的香味，也随着水的烧开慢慢往外散发。懂茶的人，大抵是不喝第一杯茶的。用于洗去茶叶中不干净的成分，称之为"洗茶"。从第二杯开始喝，先浓后淡，一喝一饮之间，茶香便散发在胸腔里了。喝中国茶，是一种文化，拿杯子的手势、揭开茶杯盖的动作，都有讲究。看过《红楼梦》中黛玉饮茶的那段大家就可以看到她揭开茶盖的优雅。

有人喜浓重的红茶，有人喜清淡的茉莉，每一种茶的味道都有它特有的芬芳；正如我们每一个人，都有各自独有的特点，使得这个世界有了不同的美丽。有人喝普洱茶为了减肥，有人喝玫瑰茶为了养颜；尽管各有不同的目的，那一份爱茶的心是相同的。

禅与茶经常放在一起，大概是茶语人生便是禅。禅的静修和静悟，与茶的哲理是相通的。与大口喝酒不同，喝茶的时光，也是静处的时光。小呡一口，轻啜一嘴，仿佛身心一体，与茶共语。这一份悟，在一片茶叶沉浮的时光里，在喝下去的那一口清香里，于是茶成就了禅。

　　属于人生的时光终究短暂至极，愿多与志趣相投的亲友寻一处安放心灵之所，品一杯香茗，共一段光阴。或在洁净的室内，守一室的温暖，把这世间的污浊和繁杂掷于脑后，静静欣赏一曲云水禅心的悠然。或寻一处天高地阔的山林，晚来天欲雪，能饮一杯无，以雪为水，以炉取暖，把这短暂的光阴留在一杯茶的时光里。

　　品一杯香茗，共一段光阴，此刻的你我，皆在红尘之外。红尘多烦扰，世事多纷杂，安顿一杯茶的光阴，愿在这茶语人生中寻一段心灵的静谧时光。

－ 回望旧时光，恭贺新岁月 －

时光清浅，转眼又一年。三百六十五个平淡的日子，于时光的日历中静静翻过。过去的喜怒哀乐都成了岁月的烟火，在生命旅途中悄然绽放，绚烂了岁末的这一刻光阴。走过旧岁，回头张望消瘦了的时光，心里充满了无数的感恩。迎接新年，前望即将到来的崭新年轮，心里填满无数的祝愿。

感恩祖国的稳定，给了我们可靠的生活环境。没有硝烟的家园，没有逃亡的生活，是多么幸福。世界上还有很多颠沛流离的人，在战争的缝隙里苟延残喘，他们在流弹的空隙里艰难地生活着，他们在贫瘠的土地上困苦地生存着。感谢祖国，让我们在稳定安宁的国度度过每一个白天和黑夜，我们愉快地上街购物，不必担心流弹会击中我们，我们悠闲地公园漫步，不必害怕枪机会扫射我们。庆幸生在和平的年代，不必在担惊受怕的日子里颠沛流离，不必承受流离失所的痛，感恩祖国给了我们脚下踏实的家园，使我们的脚步走得平稳而坚实。

感恩大自然的馈赠，给予了我们安稳的四季时光。我们在春光里观赏春花灿烂，我们在夏日的树荫下乘凉，我们在秋日里收获丰硕的果实，我们在冬日暖阳里度过悠闲时光。感谢不曾有狂风暴雨卷走财产，让我们不必露宿街头。感谢不曾有地动山摇夺走我们宝贵的生命，使我们在季节的脚步里安然行走。感谢春光明媚了一个季节的希望，感谢夏日的树荫庇佑了一季的清凉，感谢秋日收下沉甸甸的果实，感谢冬日还有阳光暖暖地照在身上。感谢大自然给予的阳光和清水，感谢雾霾的空隙里还能有一份蓝天的氧气，心怀大对自然的感恩，会让我们更加珍惜我们赖以生存的环境，使人类和自然可以继续和谐地发展下去。

感恩亲人们温暖的陪伴，让我们在温馨的氛围里度过春秋。多少漫长的时光，因为有了家人厚实的怀抱而温暖。心灵的小舟，无论走了多远，总是要停靠在家的港湾。因为，一个充满了爱的家，是脚步不由自主便会选择的方向。一顿简单的饭菜，一句简单的问候，都可以温暖彼此的心扉。和父母一起散散步，陪孩子一起做做小游戏，哪怕是虚度光阴，也是美好的存在。血脉相连的亲情，是每个人生命之旅中最重要的真情，如若缺失了一角，生命便无法完整。

感恩身边的朋友们不离不弃，一直陪伴左右。每一次相聚，每一次分离，都是时光的相册中最美好的记忆。觥筹交错的光阴最浓情，纷至沓来的往昔成了杯中的美酒，喝下去醇香无比。电话、短信、QQ、微信……感谢无不在的无线网络，让彼此的联系少了空间的阻碍。想你的时候，静静地写下文字，朋友便能及时收到。高铁、飞机、轮船、汽车……感谢四通八达的交通方式，让彼此的想念多了一份抵达的希望。一个聚会的邀约，天南海北的朋友们便可以聚在一起，高谈阔论之中是那惺惺相惜的一份情谊。

回望旧时光，缠绵的风里有挚友的音信，飘荡的云里有亲人的回音。走过平安的过去，感恩岁月安暖了彼此的心灵。敲下这行列有序的文字，回首平淡而充实的日子。恭贺新岁月，前行的路上因为有你们的陪伴而倍感温暖。新的一年，时光是未知的，岁月是空白的，让我们执手书写希望，把友爱和温暖填满每一个日子，把美好的祝愿寄给未来的每一刻时光。愿新的一年，你还在读我的文字，我还在写我的故事，不必走得太近，也别离得太远。刚好一回眸，你还在，这样便好。

愿新的一年的时光，你我皆在岁月中安然度过。让我们都拥有健康的身体和美好的心情，牵手心有阳光的温暖，共赴一场尘世的盛宴。走过世事纷杂，把四季的时光串成美丽的音符，唱响在人生的旅途上。

－ 建一个时间账本 －

日本作家松浦弥太郎在他的时间管理书中，把时间分成了三种：浪费的时间，消费的时间，投资的时间。浪费的时间是指那些无用的社交、对身心健康无益，不会带来美好体验的事；消费的时间，是指上下班路上、工作、吃饭睡觉等必须花费的时间；投资的时间，则是把时间用在会让你的人生产生价值，提高生命美好感受的事。

时间在我们不自觉的过程中就分成了浪费的时间、消费的时间和投资的时间。人生短暂，时间对每一个人都是平等的，你浪费的时间多了，消费和投资的时间就少了。

有位同事经常参加各种应酬，几乎每次喝到酩酊大醉。他说是工作需要，是必需的消费时间。我很不认同。他是一名分管技术的经理，并不负责市场业务的开拓，完全没有必要把自己的业余时间和身体一起搭进去。和他平级的一位经理，大多时间会拒绝类似的应酬，只有在团队建设等工作必需的场合下才会出现。两个人不同的处理方式，并不见得上级领导更偏爱那位经常在酒会上的同事。浪费时间就是浪费生命，我们应该把有限的时间投入到更多有意义的事情上去。酗酒、吸毒、沉迷于网络游戏等各种浪费时间的事情都是不可取的，是对宝贵时间的亵渎行为。

必须做的事，是消费时间。消费时间也不是一成不变的，所以可纳入时间管理的范畴。很多父母为了方便孩子上学，把自己家的房子租出去然后又在孩子上学的学校附近租房子住，这样做的好处是节省了路上的消费时间。这是一种非常明智的行为，节省了路上的消费时间，就可以多出孩子睡觉的消费时间，或者增加了读书、看电影等可以带来美好感受的投资时间。而那些不想折腾搬家，每天要花大量时间在来回路上的家长，就只能牺牲睡觉的消费时间，也无法增加更多的投资时间。

投资时间，是对生命厚度的一种认可。读书，读好书，读喜欢的书，不仅可以扩大知识面，也可以让浮躁的心安静下来；身体是革命的本钱，投身于健身这种投资时间的行为，让身体素质跟上我们忙碌的步伐，扩展我们生命的长度；安排时间旅行，去更广阔的远方，去欣赏大自然的美景，去享受文化盛宴，这样的时间投资会进一步扩充你的视野，愉悦你的身心。朋友们，让读书、健身、旅行等投资时间的行为扩充我们的视野愉悦我们的身心，何乐而不为呢？

我们常常习惯于给金钱记一个账本，看看我们的金钱消费在哪里了，花出去了多少，又留下了多少可以支配，从账本中获知金钱的来龙去脉。其实时间就是我们人生的金钱，其珍贵程度并不亚于我们的物质财富。我们要学会对时间进行有效管理，我曾经试着给我的时间做过账册，根据一周的统计结果，发现我有大量的时间浪费在手机的网页浏览上，还有部分时间消费在路途和工作中，留下的投资时间微乎其微。据此记录，我调整了我的时间规划，放下手机拿起了书本，安排了暑假的旅行，日子对我而言，更加精细而有意义了。

减少浪费的时间，保证消费的时间，提高投资的时间，让时间在我们生命的征途中得到最大化的利用，这就是时间账本的作用。如果你还在不停地浪费时间，不妨像我一样，试着去建一个时间账本吧，让每一段时间都在你的掌握中充分发挥作用，让时间在我们的生活中得到最高价值的体现。

－ 隔着岁月的云烟 －

　　一场花事谢了，一幕青春落了，隔着岁月的云烟，多少时光在流走。隔着明媚的春光，清风摇摆着一袭细柳，季节里的鹅黄淡绿穿梭在时空之中，留下一袭长袖善舞的背影。春色，最是令人着迷，走在春色中的明丽少女，分明有了欲语还休的羞涩。走在季节深处，埋下深情的种子。不相忘于江湖，纵情于岁月之中，成就了一个个光阴里明眸皓齿的女子。卷起时光的幕帘，早已为人妻为人母的女子，如今已多了岁月的优雅和稳重。走在时光深处，深邃的眼神分明有了成熟的智慧。

　　隔着岁月的云烟看岁月，岁月很美。多少花红柳绿的日子，清风做伴，百花争艳。穿行于其中，似乎身心都被花香包围着，心情一如这争奇斗艳的花朵，置身在春天的明媚里。少女时代最是迷人，清纯的心灵享受着世间的美好，投入一份真情，喜欢得那么彻底，眼里心里都揉不进另外一个人。把心里的他写进诗行，锁进日记，守着这一份甜入心底的秘密。那是人生的春天，他的欢笑如阳光照进心海，他的声音如春风拂过心灵，他的身影如花香沁入心田。这样甜蜜着的岁月，极美。

一场尘事淡了，一帘幽梦醒了，隔着岁月的云烟，多少往事在心头。隔着记忆的纱帘，难忘的童真晃起了儿时的片段，雨幕中的奔跑，田埂里的追逐，池塘里的嬉戏，都在岁月的荧幕里回放。想起，便是笑容凝聚在脸上。那些珍贵的镜头，似乎永远都不会褪色，永远都令人回味无穷。那些孩童如今都已步入中年，他们的眼里装满了下一代的孩童，新一代的孩子们少却了田野里奔跑的时光，多了城市里丰富多彩的生活。走在光阴的路上，步入中年的脚步分明有了历史的风霜。

隔着岁月的云烟看人生，人生很美。回味无穷的那些少时记忆，一翻身似乎就能听见一串串银铃般的笑声，在时光的隧道里回响。最忆中学时光，和同学们结伴去食堂的路上你追我赶，中午休息时把小虎队的《青苹果乐园》唱了一遍又一遍，周末的时候挤在一个被窝里说没完没了的悄悄话。有时，也会帮闺密悄悄收一张小纸条，沉浸在琼瑶的小说里偷笑。有时，也会对着心仪的男孩悄悄地发呆；有时，也会大大咧咧地和男同学称兄道弟。这样幸福的时光，美极。

生命是一场场轮回，白发犹记少时，沟壑难忘童年。在这轮回之中，时光的脚步把一个个天真烂漫的儿童化身为热情奔放的青年，又把那为人父母的中年推到老年迟暮的时光。有生命的老去，又有新生命的诞生，这一场场生命的轮回推动着年轮的步伐一步步往前。把着往事的经络，写下光阴的故事，逃不开，躲不掉，每个人都在生与死的宿命里行一段岁月。岁月里行走，用欣赏的眼睛看花，花会回馈你最美的姿态；用赞美的态度对待孩子，孩子会回馈你最真实的笑颜。不枉人生走一遭，总要把日子过精彩。

隔着岁月的云烟，翻过年华的画卷，探寻时光的秘密，使过往的经历成为我们前进的垫脚石，珍惜每天的阳光和雨露，爱惜身边的每一份真心，向着美好的明天踏步前进！

－ 时光里的贺卡 －

　　拉开办公室的抽屉，赫然厚厚的一叠明信片在目，有初中同学的、高中同学的、大学同学的，也不乏有笔友、舍友、亲友等其他人的。那些笔迹，至少现在看起来似乎还是稚嫩的，文字读起来也并不觉得有多么流畅或美丽，但那些让人暖心的笔墨，见证了年少时的友谊，见证了青葱岁月的友情。这些年，辗转各地，书信留下来的已经不多，唯独这些祝贺卡片从不曾丢弃，闲暇时读一两张，便会觉得那些拥有不负光阴不负青春的时光是那么美好。

　　因为是贺卡，自然数节日的居多，国庆节、元旦、春节，但凡节日，总是有一片祝福从邮局出发然后抵达对方的心海。除此之外，还有生日贺卡，也是年年都有祝福翻山越岭地飞过来。那时候，也许大家都还没有太多生活上的琐事，所以似乎大家都能清楚地记得朋友们的生日。只是现在，在忙碌的都市生活，真正还能记得朋友生日的又有几人呢！不过，祝福的心声从来都是温暖得沁人心田，过去的祝福即便现在读起来依然令人心头一暖。那些属于笔墨的馨香，那些属于往昔的赠言心语，是每一个爱惜生活的人值得拥有的记忆和财富。

夹在众多贺卡中最厚重的恐怕是那一本初中毕业留言贺卡，稚嫩的文字携带着久远的记忆扑面而来，那些毕业之际的祝福仿佛带着岁月的迷香，让人沉浸其中。有许多的同学已经失去了联系方式，甚至有同学已离开了这个世界，只有那些文字，珍藏着少年的往昔，让我们不忘梅溪之畔的点滴。那一张张黑白一寸毕业照，那一行行别具一格的临别赠言，如今捧在手里仿若珍宝。感谢毕业之际每一位同学的赠言心语，让我在时空隧道里重温美好时光。

翻阅旧时的贺卡，心里便充满了对往事的回味。高中同学小云给我的贺卡上写着"娟，祝你早日实现你的作家梦"。是啊，上高中的时候我就喜欢写作，用忆馨、凌慧欣等多个笔名在黑板报上写过小诗，如今，我仍然坚持在业余写作，在多家报纸上发表了文章，同时，我的散文集也已经公开出版。如此看来，我的作家梦真的实现了。大学同学波波刚参加工作时给我寄来贺卡，祝我在科研领域再上一层楼。那时候我刚考上研究生，一心想在专业上拿出最好的成绩。硕士毕业，参加工作，在通信行业一干就是十几年，终于坐在了系统工程师的位置。尽管没能在业界获得很大的影响力，但每次参与客户应答时被市场人员介绍为专家的时候，心里还是美滋滋的。如此看来，我在专业领域的积累也还算丰厚，不曾辜负大学四年硕士三年的学业。

随着电脑和网络的发达，大家似乎都渐渐淡忘了笔下的文字，我同样也不例外。在不久前，有朋友要求在书的扉页上写赠言时，竟是那般忐忑不安，生怕写错了或者写得不够好。更严重的是，我甚至要在电脑上打好草稿，然后才敢一一抄录。且在同学聚餐中，拿起笔想写点什么的时候，脑子竟一片空白，笔下的字竟错误频出。这样的忐忑和错误，恐怕也是因为常年不用笔写字的缘故吧！人生就是这样顾此失彼，习惯了电脑，便也就遗落了笔墨，便也就失去了贺卡赠予的时光。

人们都在感叹很少再收到书信或手写卡片的时候，我却有幸收到了来自母校西安电子科技大学梁昌洪教授的新年贺卡，上面有他的手绘画和亲笔签名。打开信封的那一刻，我觉得自己好幸运。已过七旬的梁老师依然精神矍铄地活跃在教学和科研领域，正因为他对科研这种孜孜不倦的精神，使他还能保持和年轻人一样旺盛的活力。

那些时光里的贺卡，是友谊的见证、是青春的烙印、是岁月的馈赠。如果现在还有人记得给你赠送贺卡，请用足够的诚意表示感谢。当电脑和网络愈发地发达，笔墨已经逐渐远离我们的时光，还愿意花费时间用笔墨赠送祝福的人应该得到我们的珍惜。

－ 盛开在青春枝头的娉婷 －

谁的青春故事里没有甜蜜而又苦涩的爱情呢？那些盛开在青春枝头的娉婷，如岁月的花朵开放在人生的道路上，一路走来，只要一回头，便可闻得那一份爱的芳香。那是属于青春的往事，那是属于年少的心事，只要想起，心里便会泛起一丝涟漪。

直到现在，兰一想起初恋，嘴角就会流露出一丝不易察觉的微笑。那时候，逸是班长，兰是宣传委员。由于经常一起开班会，一起讨论板报的宣传策划，两人渐渐地擦出了火花。他们手牵手爬过学校后面的山，一起骑着自行车穿过小城的大街小巷，一起在教室上自习到很晚……年轻的爱情，是无忧无虑的。他从学校的桂花树上摘得一枝桂花送她，她放在床头，连梦都是香的；她给他的生日亲手制作贺卡，他压在枕头底下，梦里都会开心地笑出声来；他给她讲解化学题，时而用手打乱她的长发，想着要给她一辈子的平安喜乐；她在他考英语试题时用双手支着下巴看他的侧脸，想他们的未来会不会日久天长；他给她唱《十七岁的雨季》，嘴角尽是笑意，希望时光停留在此刻；她给他朗诵泰戈尔的情诗，眼里满是柔情，以为此刻便已是永恒……明明是填的一样的志愿，却因为阴差阳错一个去了北方，一个去了南方。上大学后没多久，两个人便和平分手。相携着走过一段人生路，也是彼此的一笔财富，哪怕最终走向不同的人生，那一段温暖的回忆，仍然是岁月中的一瓣馨香，想起便似乎能闻到往事的芬芳。

　　和兰比起来，虹的暗恋就有点悲伤了，但即便如此，她回忆起往事的时候，仍然觉得心头一阵甜蜜。虹是一个文静的女孩子，容貌并不出色，学习成绩也是一般，因此总有些自卑。当她发现自己喜欢上了她后排的体育委员时，心里其实是一惊的。自卑让她觉得自己配不上他，因此甘愿远远地看着他。她喜欢去看他打篮球，一次都不愿意落下。她的眼睛总是追随着他的身影，每一次弹跳进球都会为他欢呼，每一次看他大汗淋漓总是想递过手上的水和毛巾，但是他总是绕过她走到另外一个漂亮的女孩子面前。为了能和他多一些接触，她选修了篮球课，男女生组队的时候她不惜自己来例假的日子去打比赛。比赛过程中，他的每一次鼓励都让她眼睛发亮，偶然的一次身体碰触她竟然感觉到一阵电流在她全身蔓延……在他矫健的身影里，她迷失了自己，只是默默地喜欢着、喜欢着。有星星的晚上，一个人躺在操场上想他想得流泪。自习室里，偷偷看他的背影，看到双眼发涩。终于，她鼓足了勇气，给他写了一封信。把信投进邮箱的那一刻，她有一种如释重负的感觉，一份暗恋即将迎来结果。信中她说：我只是喜欢你，不求你也喜欢我。然后，就没有然后了。丑小鸭遇上了高富帅，恐怕也只有单恋一枝花了吧。毕业后，他们就失去了联系，直到很多年后大学同学聚会。当她再次看见他的身影，突然就很想笑，原来她也曾用心地喜欢过一个人，哪怕只是暗恋，也曾在日记本写满了他的名字。暗恋，是不是爱情？想来应该也是爱情的一种吧，因为荷尔蒙的分泌是一样的，内心的期盼是一样的，心底的那份心动也是一样的。尽管不曾有光明正大的恋爱机会，不曾牵手走过校园的樱花道，不曾靠着他的肩膀看过一场电影，但曾经的那份心动、那份渴望、那份热切都是岁月中的花瓣，在心里绽放成那一朵叫作单相思的玫瑰。用刺扎着心灵，又疼痛又甜蜜。

春花秋月何时了，往事知多少。那些纯真的岁月，喜欢一个人便付出全部的真心，那般的欢心，那般的纯粹。那些盛开在青春岁月里的娉婷，枝枝曼妙，朵朵馨香，让我们无悔青春的热忱，无怨岁月的多情。

－ 西电后街的记忆 －

离校多年，却念念不忘那街上的场景，这念旧的心思暴露了我的年龄。原来，人到中年之后，便会不由自主地怀念过去。母校后街，我们吃喝玩乐的地方，几多熙攘，几多嘈杂，却也几多繁华。它收留了我们美好的青春，见证了我们跌跌撞撞的成长。

（一）和吃有关的记忆

一碗酸菜米线，竟然让我念叨至今。不知是味觉的问题，还是其他什么原因，毕业后我竟然再也没有吃到过让我垂涎欲滴的酸菜米线。那时候，我经常和同学两人去吃米线，而我几乎每次必吃酸菜米线。酸菜，是四川那种大片叶子的，很有味道。米线，是那种粗的，筋道更足。毕业后，在好多家小饭馆点过酸菜米线，几乎都是雪里蕻加细米线，怎么都吃不到学校当年的那个味道，让我遗憾至今。

到了夜晚，最喜欢和同学们去吃烤串，一毛钱一串，再来点啤酒，一边喝酒一边吃串，实在是非常快乐的事。夏夜的街上，灯光并不明亮，矮桌矮凳就摆放在马路边。那时候的羊肉串，每串上的肉不多，大家经常一口气就上百串下去了。街上的人熙熙攘攘，我们吃着喝着聊着，畅快淋漓。

家属院对面的好再来餐馆，盖浇饭非常受欢迎，土豆丝盖饭、西红柿炒鸡蛋盖饭、麻婆豆腐盖饭、回锅肉盖饭……想想都要流口水。最令人满意的是，虽然是盖饭，但饭和菜是可以分开的，这么一来，几个人一伙，比点菜的方式要优惠很多。好再来是我们经常光顾的地方，尤其是上研究生后，离科技楼近，方便。

邮局旁边的牛肉拉面也是大家喜欢去的地方，师傅的刀削面也是一绝，生意很好。后街还有几家以滚烫的砂锅出名，豆腐、粉条、排骨、海带……我现在还能想起那个味，只遗憾，毕业后再也没吃到过了。

（二）和书有关的记忆

上大学的时候爱看书，却几乎只看言情和武侠，偶尔才看一些名著经典，真是年少不懂经典文章对知识底蕴的影响，只一味把时间浪费在了自己喜欢看的小说上。

学校后街，在我的记忆中，有两个租书店，交押金 10 块，租一本书忘记是五毛还是一块了。那时候，我们宿舍有个姐妹，和我一样爱看小说，我俩经常一起去租书店租书，然后在宿舍里交换着看。就那样，我几乎把琼瑶、席绢的言情小说看了个遍，其中也夹杂着金庸和古龙。书是看得很快的，一到周末，就恨不得躺在床上啥也不干，很快就消灭掉一本。于是，再去租书屋。有的时候，也会在书店里翻来翻去看很久。偶尔也会租一些名家散文来看，这么多年来，我一直喜欢写散文，估计也和当时看的书有关。印象最深的是《茅盾散文集》，字字句句看得极是认真，对我的影响很大。

学校后街有个报刊亭，上了研究生以后，不知是眼界宽了还是年龄长了就对言情和武侠有点疲惫的缘故，喜欢到报刊亭买杂志。《小说月报》《青年文摘》《读者》，这些经典的杂志就这样慢慢地走进了我的生活。

上大学的时候，生活是拮据的，租书和买杂志，对我已经是很奢侈的事了。不过，感谢当年的奢侈，使我还能在文学爱好的领域里继续坚持多年。

（三）和玩有关的记忆

我对玩有关的记忆是极其浅淡的。

学校后街的台球厅、录像厅、游戏厅，大概对那些男同学的吸引力更甚一些，而我也就顶多偶尔去过。

我听说有男生去录像厅看录像，一看就一通宵的；也听说有进了游戏厅，就沉迷在其中，不想出来的；台球厅，我所知道的一家，就在租书屋旁边，也许是同一个老板经营的。敞开式的厅有两张台球桌，每个隔间也有台球桌。价钱嘛，实在没有什么概念了，打台球的大多爱抽烟，烟雾缭绕的女孩子们都不乐意去。也和几个要好的男生去玩过几杆，这几杆竟然还让我有机会工作后参加了一次台球赛，可真不容易。

倒是经常通过后街去高新开发区广场散步，穿过书店、报刊亭、小商店，穿过人群的喧闹，到安静的高新开发区的广场散步。那一大片草坪，现在应该还在吧，到了晚上，是不是仍然很热闹呢！跳广场舞的、交谊舞的、孩子们玩闹的……

和玩有关的记忆，实在太少了。但西电后街的记忆，在每一位西电人的心里，剪辑成永恒的影片，藏在记忆的深处。

－ 时光里的主楼专用教室 －

上大学的时候还能有一个专用教室，真的是一件无比自豪和快乐的事。纵观周围高校的大学生们，几乎都在各个教室奔波于课程之中，而我们却可以和高中时代一样，享受属于我们的教室，属于我们的同桌，还有那些属于我们的美好时光。

按照惯例，到了大三，学校就会给我们分配专用教室。对于我们一个 80 人的大班来说，这个教室必须足够大，才能有足够的空间让我们一起学习。

位于学校北门的主楼，是典型的苏式结构，给人一种庄严肃穆的感觉。据说，那一扇扇红色的大木门，防火又防潮，扔颗手榴弹都屹立不倒。我们的专用教室就在这巍峨严峻的主楼一层，坐落在通往操场的那条通道上。去操场打乒乓球、去水房打水、去校门口传达室，都极为方便。这个拥有八十多座位的专用教室，成了我们大学时代最美好的见证。

还记得刚分到专用教室后，大家纷纷去抢占自己的座位。在黑板上画出每排座位的空格，大家都在上面写上自己的名字或学号，八位女同学，几乎全部有了男同学同桌。此后，上课、自习、搞活动，都在这个教室里，同学们之间的友谊也在那时候开始沉淀。

专用教室的好处是不言而喻的。同学们一起上课、一起上自习、一起做作业，建立了深厚的友谊。再也不必大清早去抢座位，用一摞书去抢座位的行为已经属于后来的学弟学妹们；再也不必因为一道不会的题而愁眉苦脸，转过身就可以请教同学；再也不必担心走错了教室被人取笑，教室一直在那里……

还记得大三那年的一次地震吗？有水杯突然晃了一下，然后就有同学喊：地震了。大家纷纷从座位上站了起来，有条不紊地从前后两个教室的门鱼贯而出。我后知后觉，跟着大家跑出教室，主楼外的小花园瞬间挤满了人。大家纷纷开始讨论地震的感受，"你感觉到地震了吗？""我感觉楼晃了一下""我没有感觉啊，只是跟着大家往外跑"……在高楼上的人感觉强烈一些，我们在一楼的的确震感不明显。这是我们在西安经历的唯一一次地震事件，好在不严重，秩序很快就恢复了正常。

还记得大三元旦，我们在教室组织包饺子比赛。我们把桌子并起来，分成几个小组进行比赛，每个同学各有分工，擀皮的、做馅的、包饺子的、煮饺子的，完美配合。比赛邀请到老师和高年级的学长学姐们做评委，评比出大赛各种奖项。那是南方的我第一次包饺子吧，笨手笨脚，也总算在同学的指导下完成了人生中的第一个饺子作品。

还记得学习中遇到疑问和前面的同学一起讨论，还记得课间休息的时候大家有说有笑，还记得在班级里举办舞会……每一桩每一件，现在想起来，仍然觉得十分地开心快乐。

大三的时候，我们班一位同学得了白血病，为了挽救他的生命，我们东奔西走寻求社会的帮助。就是在这个教室里，我们商讨募捐计划，我们讨论大家的分工，我们准备募捐箱献上自己的一份心意，我们给予他最温暖的安慰。经历了这次团结一致的行动，我们之间深厚的感情更加醇厚了。

正因为专用教室的便利，我的学习也进步了一大截，获得了奖学金、通过了英语六级、还顺利地入了党。那时，我在第二排和男同学坐同桌不过几天，就一个人跑最后一排坐去了。离黑板那么远，我还能看清黑板上的字，倒是工作以后竟然戴上了近视眼镜。我的旁边有一个空座位，因此我有了很多同桌同学。辅导我们概率论作业的张月兰老师曾坐我旁边，埋头苦读英语的女同学当过我同桌，上课不认真听讲或打瞌睡的男同学坐过那个座椅。总之，那个空出来的位置，使我没有固定的同桌，却有了更多的同桌，也使我的人缘更加好了。

专用教室并不是我们一个班的特例，西电学子到了大三都可以享受到这份别的学校所没有的待遇，这也是西电特色带给大家最深刻的记忆之一。那时候，因为和宿舍一位姐妹关系比较好的原因，我还经常跑到5941的专用教室去，使我也认识了他们班的很多同学。他们的教室也在主楼，在东边的二层，因为人少，教室比我们的小，不过让人感觉很热闹。正因为经常去他们教室的原因，直到现在我还混在他们的微信群里，继续冒充着5941的一员。

主楼的专用教室，承载了我们年轻时代最美好的年华，团结一心、友爱互助的我们获得了全国优秀班集体的荣誉。直到很多年后，我们依然如同相亲相爱的一家人，不管天涯无论海角，每一颗热忱的心仍然紧紧地拥抱在6941的大集体里。

－ 旧时光里的舞厅 －

　　悠扬的旋律响起，灯光闪烁、人影绰约，今夜，舞一场浪漫之约，跳一曲动情的迪斯科，庆祝世纪的狂欢。

　　这是很多年前的记忆了。

　　那一个舞动青春的舞池，在岁月长河里一去不复返，唯有那些忐忑的、激动的场景，一直在脑海里回放。深情款款的交谊舞，是多么适合一对热恋中的男女，搂着细腰、握着小手，彼此深情注视，心中小鹿般乱跳，只听见对方似乎已经乱了节奏的呼吸⋯⋯动情Disco，狂魔乱舞、全体接龙，拍手、跺脚、扭腰，尽情地释放、尽情地狂欢⋯⋯

　　这一切，谁还记得？可曾回味？

（一）6 号楼舞厅

明明已经不记得 6 号楼的具体模样了，却偏偏把这 6 号楼的名字记得那么清楚。

在小花园后面的 6 号楼，是当时学校里环境最好的一个舞厅，除了学生，还有很多退休的老师也会在这里出现。记忆中，有一位个子不高，总喜欢穿着白衬衫的男老师，几乎每场必到。女伴是不是固定的，已然记不清了。只记得老师的舞姿很优雅，旋转、拉伸，随着音乐的节奏变换，每一个舞步都似乎带着魔力。

去 6 号楼舞厅跳舞是要收费的，一块钱还是两块钱，我是记不清了。同学说，当年我们系和 10 系举办过一次舞会，就是在 6 号楼的舞厅，包场的场地费可不便宜。

因为收费的关系，我们去 6 号楼跳舞的时候并不是太多。

（二）科技楼舞厅

不记得是大二还是大三的时候了，只记得那时候，宿舍姐妹们抽风一般地在宿舍练起了十六步、二十四步，接着，我和好朋友 Rowe 出入了几次舞厅，在她的带领下学会了三步、四步。我向来认为舞厅是最容易滋生感情的地方，不过很遗憾，未能练得美妙的舞姿，也没能体验一场舞蹈之恋。

相比大学时代，研究生在舞厅混的时间更长一些，遗憾的是，我还是未能练就熟练的舞步优美的舞姿，但这似乎并不妨碍那段日子的快乐。铿锵的音乐节奏，旋转的曼妙身姿，长发飞舞，裙裾飞扬。最是忐忑的时候，是在舞厅旁的一排椅子上坐着，一边希望着有人前来邀约一曲，一边紧张地怕自己笨拙的舞姿献丑；最是快乐的时候，是提前有男伴邀请，把手交给对方，跟着他的步伐，在舞池里旋转。无论是音乐缓慢的交谊舞，还是节奏明快的迪斯科舞曲，对年轻人来说，都有着无穷的吸引力。

科技楼舞厅音响效果好，但场地小，大概是我对跳舞终归不够迷恋，只是浅淡地喜欢而已，因此去舞厅的次数并不是太多。大多时候也没有男舞伴，想去了还得拉上 Rowe 同学，偶有手指头都数地过来的几次，有几位男网友邀约，如今连他们的名字都一概记不清了。

（三）东区食堂舞厅

东区食堂坐落在西电老校区的东南门之侧，这个我们军训时候的食堂，一到周末就被安置成了临时的舞厅。

板凳桌椅都收走了，地也打扫干净了，绚丽的灯光四处摇曳，快节奏的音乐会提前响起。学生们慢慢地被吸引了过来，大多都是三五成群提前约好的。食堂四四方方的大柱子，在灯光下显得笨拙而可爱，还有那一股浓重的饭菜味，成了舞厅的绝唱。记忆中，东区食堂的舞厅比较喜欢放动感十足的音乐，适合跳迪斯科，人声鼎沸，音乐声响彻很远。这个单从空间上来看最大的舞厅，因为环境和设施都差强人意，人还是少一些。

我几乎没怎么去过东区食堂的舞厅，所以记忆并不深刻，留待记忆深刻的人继续挖掘。

相比宿舍的小杨同学来说，我只能算是一个舞盲，但就是我这样的舞盲，依然对学生时代的舞厅充满了怀念。毕业工作以后，再也没有进过舞厅，一则是因为不热衷，二则是因为没有当时的环境和心境了。据说学校已经没有舞厅了，那些定格成绝版的时光，就这样带着岁月的迷香，在光阴的隧道里，散发着淡淡的属于青春的芬芳。

在时间的隧道里，白上衣黑裙子长头发的岁月，是青春之舞的时光。

- 优雅喝一杯岁月下午茶 -

从《我的前半生》剧情中走出来，我端起眼前的茶杯轻轻地呷了一口，鼻息间缠绕着淡淡的玫瑰花茶的清香。子君，这个《我的前半生》中的女主人公，曾用一句话描述自己的前半生，"结婚生子，遭夫遗弃，然后苦苦挣扎为生"，跌倒了，爬起来，从全职阔太太到职业女性，从离异单身到再遇婚姻，子君终于重新找回了自己。很幸运，我的前半生是走得顺利的，不曾经历太多的风雨，好学上进，考上了理想的大学，然后努力工作，勤劳顾家，构建了自己的幸福生活。即便如此，属于自己的时间并不多。上学时，时间属于学业；毕业后，时间属于工作；结婚后，时间属于家庭。如今年过四十，已然过了半生的时光，是时候优雅喝一杯属于自己的岁月下午茶了。

一定也有很多人，并不像我这般的顺风顺水，她们的前半生充满了困苦和磨难。不管如何，前半生已经成为历史，成为了岁月的书签。沉迷于过去的苦难，并不能成就更好的未来，也只会让自己的岁月更加晦暗。生命短暂，过去是未来的垫脚石，我们一步一步踮着脚尖走过来了，中年以后就该脚踏实地、放心大胆地往前走了。

有一位朋友，三十多岁的时候得了乳腺癌，为此四处借钱欠下一屁股债。病好之后，她努力工作，还清了欠下的债务。然后辞职在家，做志愿者、健身、制作精美的点心、给孩子们的戏剧节设计衣服，在她充实的日子里，她找到了生活的支点。她已然从前半生的苦难中走了出来，享受着生命赋予的每一天。有时候，她懒洋洋地喝着下午茶，乐呵呵吃着自己做的点心，脸上洋溢着最美的笑容。这就是她的岁月下午茶，享受每一个充实的日子。

女人到了四十，仿佛就到了生命的分水岭，有人甚至以豆腐渣、黄脸婆来称呼四十以上的女人。那是因为，四十多岁的女人身上背着沉甸甸的责任和母爱，恨不得所有的时间都用来照顾家里家外。可是，孩子总会长大，他们会拥有自己的人生，学会放手，让他们展翅飞翔，不要让过度的母爱束缚了他们的成长。不要让繁忙霸占每一个日子，熬夜加班、拼命挣奖金的事交给年轻人去做，人的精力和体力毕竟有限，四十多岁的女人怎能和新毕业的年轻人比呢！他们要用有限的时间增加自己的工作经验，而你恰好已经拥有了这个经验，可以在有限的时间里合理安排工作的规划。

我有位在外企工作的同学，和我同岁，都是四十刚过的女人。每次见她，似乎都能闻到优雅的岁月沉香。她在儿子学架子鼓的时候学古筝，在儿子学奥数的时候去做美容护理，在儿子踢足球的时候健身，在儿子做作业的时候读书，充分安排属于自己的时间。她按时上下班，不把工作留到家里。她的脸上也有了细小的皱纹，但微笑十分迷人；她的小腹也有了赘肉，但依然保持娇好的身材。有时候她会打电话邀约我们几个女同学，"抛家弃子"地在茶馆小坐，喝喝茶、聊聊过去，仿佛优雅地喝着岁月下午茶，享受着人生剩余的每一个日子。

优雅喝一杯岁月下午茶，是人生的一种状态。四十岁以后的女人，请允许自己拥有独处的时光，喝一杯淡淡的养颜茶，守住一份静简时光。在这时光里，我们读书、听音乐、做美容护理、码字、做志愿者，充实每一寸属于自己的光阴，关爱每一寸属于自己的肌肤，优雅喝一杯岁月下午茶，让生命在悠然前行中散发成熟的迷香。

– 毕业季，醉青春 –

每逢毕业季，时光就像撒开了腿的少年，热情奔放却也伤感迷茫。

欢呼、跳跃、拥抱，站在人生的阶梯上和过去告别；挥手、落泪、转身，站在时光的渡口走向未来。

和过去告别，不免伤感而迷茫。过去的时光，忙碌、刻苦而充实。往事一幕幕，成全了岁月的厚重。三年的求学生涯，上课的认真听讲、自习室的埋头做题、课间和同学们的嬉笑打闹，如今都历历在目。为了更好的明天，每一个人都铆足了劲，除了在学校争分夺秒，周末仍然奔波于各大课外机构……如今，毕业了，昔日同窗都将踏上各自的征程，去实现自己的人生理想，岂能不伤感？而明天的未知，又给时光增添了神秘的色彩，未来会怎样，每一个人都给不出答案，岂能不迷茫？

醉青春，这一刻，且让时光走慢一些，让这告别的忧伤走得缓慢一些。让每一个拥抱都充满理解和谅解，让每一次挥手都充满真心和祝福。曾经为了一道题争吵得面红耳赤，曾经勾肩搭背走向篮球场，曾经你追我赶在校园追逐……同窗，是岁月的馈赠，如果曾经有过激烈的争吵和矛盾，这一刻也该在握手之间烟消云散了；同学，是命运的眷顾，如果曾经有过误会和不解，这一刻在拥抱之间也该冰释前嫌了。此后，各奔东西，一生又还能相聚几回。

高歌、醉饮，都只为了人生难得一回狂欢。为了庆祝一段日子的终结，为了迎接下一站的风景。我们需要一种仪式来告别过去，我们需要一种氛围来畅想明天。丢掉过去的包袱，信心百倍地去迎接明天。明天是什么？明天是汗水和泪水铸造的希望，明天是知识和坚持构建的青春，明天是风雨无阻的信念，明天是跌倒了还会再爬起来的勇气……

又是一年毕业季，愿少年一往无前，勇敢地走出自己的人生。高考结束，并不意味着人生可以放纵。不再有题海战术，但人生的道路依然磕磕绊绊；不必再埋头苦读，但学习的生涯并没有画上句号。每一个人，依然需要拥有百倍的信心去迎接人生的挑战；每一个人，依然需要继续在知识海洋里求得真知灼见；每一个人，依然需要足够的毅力和智慧去面对未来的纷繁复杂。

明天，不是懒惰的代名词，那样只会让你被社会所淘汰。明天，是充满了风景的未来，要你去慢慢探寻。毕业季，醉青春，岁月妩媚应如是；所有回不去的时光，都是良辰美景，望珍惜再珍惜。新征程，真少年，风雨无阻闯人生；所有未曾抵达的时光，都是美好希望，盼努力再努力。

－ 高考1994，从此走向新的起点 －

假如人生有一场考试永远不会忘，那一定是高考。

多少人，因了这场考试改变了命运。有人因发挥状态不好没考上理想的学校，心理压力过大而导致精神失常；有人因考试成绩出色，顺利走出大山走进了大城市；有人填报志愿失误选择了自己并不热爱的专业，从此蹉跎半生。

1994 年的高考，注定成为我记忆中最重要的一部分，那年我们打地铺睡在老师家客厅里，那年的考场放满了用来防暑降温的脸盆，那年我和哥哥一起参加高考从而改变了一家的生活……

1994 年的高考季，南方天气异常炎热，高考之前的复习中就已经有人频繁中暑了。为了能更好地迎接高考的到来，班主任决定把他家的客厅收拾出来给我们睡觉。电风扇搬进了客厅，沙发、地板，甚至还有他女儿的小床全部被我们临时占用。我们几个女同学享受着老师给我们的这份福利，不敢像平时一样说笑玩闹，按时休息，安心迎战高考。直到现在，我们仍然念念不忘班主任给予我们的这份帮助，让我们在清凉的夜晚睡个好觉，以便第二天精神饱满地复习巩固书本上的知识。

头一年的高考，南方大雨，城里被淹，考生们一个个划着船进城参加高考。轮到我们这一年，大雨不曾降临，但酷暑却如期而至。为了能让大家安心高考，学校安排运输了几大卡车的冰块，在学校住宿的学生每人都把自己的洗脸盆贡献了出来。每个考场都放了十几个脸盆，放眼望去，大小不一、色彩多样的脸盆在教室里井然有序地摆放着，真是考场的别样风景。因为我是本校学生，受到了老师的照顾，我的考桌旁边就放了一个脸盆。冰块在脸盆里慢慢融化，室内的温度随着慢慢降低，尽管紧张的汗水仍然在流淌，但令人难以忍受的高温已经远离了我们。那年的高考，五颜六色的脸盆成了我们心中最美的风景。

一场考试，改变了命运的方向，这在90年代还是很普遍的现象。那时候的机会没有现在这么多，出国学习的风气还没有流行起来，学子们都是使出了狠劲在冲刺，走向更广阔的人生是我们所追求的。那年夏天，复读的哥哥和我一起参加高考，在同一个中学考试，但不在一个考场。当考完试进行预估分数的时候，他一听我预估了530分直喊"那么高，我又惨了"。幸运的是，那年最终我和哥哥都考上了大学，我上了重点线，他上了大专线。我去了西安，他去了长春。此后，我家聚少离多，开启了父母在南方，儿女在北方的生活。一场高考，改变的何止是一个人的命运，而是一家人的生活。

　　1994 年的高考，让我走向了新的起点，开启了崭新的大学生活。尽管现在的机会比我们那时候多了许多，但对大多数人来说，高考仍然是一场人生中具有重大意义的考试。又逢新一年的高考季，愿每一位学子都能顺利走进考场，考出最好的成绩。

－ 坚持，下一站的风景更美 －

每次爬山累了，想要放弃的时候，心底总会给自己鼓劲：前面的风景一定更美，加油。于是，便又打起精神，继续上路。或许是大自然厚待每一位游客，总有美丽的风景令人眼前一亮。山下春色遍野，春花点缀着绿树，色彩斑斓，远处的云霞在空中飞旋，以高空为画布，画出了一幅幅美丽的画卷。在如此美景下，之前的疲惫一扫而空，心底的那一份坚持，终于得到了回报。

可见，对于未知的渴盼会让我们产生巨大的能量，重新恢复坚持下去的勇气，怀着对下一站风景的美好希望继续前行。

记得在甘肃旅游的时候，在茫茫戈壁滩上开车，道路两旁一片苍茫，了无人烟，几度令人想掉头回去。导游说，再坚持一下，很快就到雅丹魔鬼城了。车在戈壁滩上继续前行，风沙依然肆虐着我们的车，直到到达目的地，那一片沙漠奇迹瞬间让我们精神百倍，双眼都能冒出光来。大自然的鬼斧神工，真是一种无法比拟的奇迹，一片沙漠之上，仿佛临空多了一座城，那里有守城的千军万马，那里有将军临空站立……

为了下一站的风景，我们怎么可以放弃脚下的路？正是因为在道路上的行走，才让风景有能到达眼前的机会，才让我们可以在枯燥乏味的行进中寻得一方清泉，滋润我们干涸的心灵。

走在人生的旅途，常常被枯燥、乏味、琐碎的杂事所包围，一颗在尘世中打磨的心也愈发坚硬，便时常心生厌倦。可是，时光的脚步并不因此而停滞，为何不怀着对下一站风景的美好期盼继续努力攀爬人生高峰呢？也许有人会说，下一站的风景未必美好。没关系，路没停下来，总还有下一站。人生道路上，总有让你心胸开阔的风景，让勇气和坚持陪伴我们在路上，让我们满含着对下一站风景的希望，一步一步踏实地走下去。

曾经听过一首歌，歌名叫《明天，你好》，歌词中唱道"一边失去一边在寻找，明天你好"。在生命的河流中，我们都慢慢长大，即便是一边失去旧日的风景，一边也在不停地寻找下一站的风景，含着泪微笑，去追寻每一个美好的明天。明天，不就是每一个今天的下一个风景吗？勇敢地问候"明天你好"，坚定地寻找下一个人生的风景。天地阔，人生宽，总有一站美丽的风景在等着你。

在我们的人生征程上，下一站的风景，如同一盏明灯照耀着我们前行的路，心中有希望，步伐便有力量；路上有亮光，人生就不会跌跌撞撞，让我们继续出发，去寻找下一站的风景。

05

轻掀书扉，清风徐来

轻掀书扉，清风徐来。

阅读，已经融入了我们的生活。

那些融入生命中的文字，

那些动人心扉的故事情节，

那些文字脉络中的馨香，

丰腴着我们的岁月。

－ 轻掀书扉，清风徐来 －

和朋友约好了见面，在咖啡屋等她的时候发现书架上一排新上架的书，装帧设计精美，插图清新淡雅，随手翻开一本，淡淡的油墨香便扑鼻而来。于是，便拿起书慢慢翻阅起来。有了文字的陪伴，等待的时间不再漫长。咖啡的香味，在唇齿间留香，令人心旷神怡；书墨的香味，在鼻息间缠绕，让人心神俱宁。窗外阳光明媚，屋内一室清香，这个等待友人赴约的午后，因一本书的清香，原本急躁的时光便静了下来。

朋友匆匆而来，笑嘻嘻地夺走了我手中的书，拉着我就去了商城。陪她走累了，我便一头钻进了书店，任由她自行离去。装修时尚的现代书店，人们可以随意翻阅心仪的书籍，甚至可以点上一杯茶，在氤氲的茶香里，渐渐沉入文字的王国。放眼望去，有人拿着书席地而坐专注地读着，有人在书架前细心挑选，书后生安静得只有沙沙的翻书声。

现代书的制作愈发精美了，还没见文字，就会被或淡雅或浓烈的封面色彩所吸引。在分类清晰的书架前，我直接就奔着散文类书籍而去。我喜欢散文，喜欢那些不疾不徐的文字慢悠悠地从文字王国里走来，喜欢一篇篇或精致或小资的小文悄悄地打动我的内心。那些文字仿佛长着柔软的触脚，轻抚着我善感的心灵，让我的心跟随文字的脉络起伏。

每一位作家，因为个人经历的不同，都有自己的写作技巧和个人感悟。马德的哲理散文，字字珠玑，痛快至极；李娟的叙事散文，缓缓道来，让人透过文字似乎走进了她的生活；林清玄的散文，在优美的文字里，禅意隐现；毕淑敏的散文，故事中夹杂着人生的道理，心理活动描述中感知人生的精彩……在不同的作家那里，可以遇见不同的美好，让沉浸于文字的时光变得妙不可言。

忙碌的生活，飞快的节奏，让我们的世界经常陷入浮躁。因为手机等电子阅览器的方便携带，电子书也越来越得到大家的青睐。可我依然更喜欢捧着一本纸质书，让那淡淡的墨香随着呼吸之间进入我的心灵。轻掀书扉，清风徐来，埋入文字的世界，连呼吸都变得顺畅无比，仿佛有一阵清风梳理了心扉的纹路，扫荡了心中的雾霾。轻掀书扉，清风徐来，沉浸于书香的海洋，翱翔于心灵的沃土，任世间嘈杂，任人情冷暖，心中的安宁一直都在。

－ 铺地为卷，待你执笔成诗 －

清风曼柔，春色至浓，四月琼英落满地。时光陌上，偷听一缕缕清风的对话，它们低声细语，要把那美丽的花瓣卷落人间。稀薄的空气中，一双双春风的手在推动着落花四处纷飞，朵朵落花踩着时光的节奏漫天飞舞。那是一匹春色交织的锦绣，回旋之中尽显华章；那是一场人间芳菲惊鸿舞，舞姿之间繁花落尽。

飞花轻舞，垂柳飒爽，暮春芳菲书诗韵。四月的每一朵花瓣，都带着轻盈的呼吸，影子绰约，随风飘落。落在发间，笑了眉眼；落在水面，惊了水鸭；落于尘土，乐了孩童。粉红、灿黄、淡紫，每一种颜色都是春天的颜料，要为大地铺上唯美的衣装。杏花落了满地，山野画上了浅浅的粉妆，那羞涩的模样欲语还羞；桃花纷纷坠落，晶莹的花瓣簇拥而下，拉起一帘粉色的花幕；梨花纷飞，白露为霜，把一春的心事收藏……林花谢了春红，太匆匆，春已暮。

花飞花落，铺地为卷，只待你执笔成诗。只见那"花台欲暮春辞去，落花起作回风舞"，曾经姹紫嫣红的花台已经谢幕，春意渐渐远离，数不清的落花，一片又一片在风中回旋，似乎要完成那一个归去前的仪式。告别树梢，拜别春天，郑重而优雅，仿佛我们的人生，也在这一个个仪式中走向成熟。

落英缤纷，铺地为卷，只待你执笔成诗。好一个"无限残红著地飞，溪头烟树翠相围"，暮春的景致，在一簇簇烟柳林立中铺展，而那一地的花瓣正是季节的印章。春去夏来，季节更迭，今日之凋零，必成就明日之绚丽。"落红不是无情物，化作春泥更护花"，当夏花绚烂、姹紫嫣红返回人间，那又是怎样一幅令人迷醉的景色。

繁花落尽，铺地为卷，只待你执笔成诗。只道是"一片飞花减却春，风飘万点正愁人"，落下一片花瓣便觉春色已减，如今风把千片万片的花打落在地，怎不令人发愁。花谢花飞，春意殆尽，驻足留意，惊鸿一片，去留都已天定，且把伤怀收起，坐等明日之灿烂。

落花无意戏东风，春情缱绻美人归。待你执笔成诗，书写平仄韵律，浓墨细研待落笔。蘸一抹花瓣的馨香，盖一方春日的印章，让诗行的唯美装点暮春的帷幕，让诗律的婉转点缀春末的旖旎。

四月缤纷，风翻飞，落花满地；铺地为卷，只待你执笔成诗。

－ 枕上书，墨里香 －

灯下倚床小坐，随手从枕边取过一本书来，在墨韵的清香里，还原一个静心的世界。此刻，哪怕窗外寒风凛冽，也无法肆虐我安然的心。轻声念着一字一句，在这清淡的墨香里，我的身心已经置身于多姿多彩的世界。那里有天高地阔的远方，那里有历尽沧桑的历史，那里有沉淀文明的文化，那里有苦难的悲泣，那里也有真善美的温暖……在这多彩多姿的国度里，不由喟叹：时光多么美好，生命多么精彩。

枕上有书气自闲，夜来读书心自宁。诗情若画意，字句都飘香，在美文佳句的文字世界里，仿佛置身于鸟语花香的花园，可以让心灵沐浴着馥郁的花香。文字的经络，绚烂了时光，唯美了光阴，宁静了身心。这一份宁静，足以慰藉尘世中的挣扎。这是一个可以排除外界干扰的时刻，与文字倾心对话，世间万物都无法干预这颗沉浸于书画王国的心。这一份与文字的倾心之恋，足以安抚红尘中喧嚣的时光。

哪怕书中并不曾有颜如玉，自有芬芳娉婷来。读一本《暗香》，身心都沐浴在花草之中，每一朵都在倾诉生命的真挚；翻一本《等你，是一树花开》，仿佛自己也变成了花仙子，在人间倾洒着花香。最爱席慕蓉的散文，美到心灵美到窒息，欣赏她那灵动的书文美韵带来一朵花的芬芳，送来一棵树的清凉。在她的文字里，走过一棵开花的树，从而惊诧并屏息于生命的美丽；在她的字句里，欣赏一朵美丽的孤芳自赏的花，一片灿烂怒放的锦绣……

即便书中也没有黄金屋，自有书香可安心。查阅历史书籍，跟随着中华文明的跌宕起伏恍悟人生的渺小，不再为一件鸡毛蒜皮的小事而纠结；翻看心理学的书，原本以为深奥的理念也可以轻轻坠入心间，让浮躁的心安定下来；阅读名家传记，从他们的经历寻得苦难的成长，倏忽间便觉得自己幸福无比。著名作家史铁生在《我与地坛》一文中写道，"两条腿残废后的最初几天，我找不到工作，找不到去路，忽然间什么都找不到了。我就摇了轮椅总是到它那儿去，仅为着那儿是可以逃避一个世界的另一个世界"。史铁生的人生道路，仿佛断了方向，而在那个叫作地坛的园子里，重新又找回了方向。别人的磨难会成为反射镜，可以照到我们的安逸。书中的苦难足迹，足以让我们产生强烈的对比，从而觉得自己的生活幸福无比。

阅览枕上书，细闻墨里香。在万家灯火之中，有人以禅的入定来静心，有人以上帝的信仰来度日。而我，更愿意埋首于一本或雅致或磅礴的书籍，看世间辽阔，阅人间烟火，在文字的章节里寻得另一个宁静的世界。

- 书香默默入心来 -

　　总有那样一些时刻，或者在医院里等候护士的召唤，或者在前往公司的地铁里，或者在公园里休闲娱乐，无所事事的我们总是拿着手机，刷微博、刷微信，消耗着我们有限的生命。打发时光的最好方式，不如拿上一本书，在知识的香韵里，让心沉浸在文字的清香里，扩充我们的知识领域，增长我们的人生阅历。

　　不同的书，会散发不同的馨香。温婉雅致的散文集，是淡雅的康乃馨，散发着淡淡的清香；气吞山河的历史书，是一树的泡桐花，散发着浓郁的芳香；引人入胜的小说故事，是奔放的芍药，要与牡丹争高下；优美的诗歌，是清丽的茉莉，读过之后连鼻尖似乎都带着墨香……这些书香，陪伴着我们每一段闲暇的时光，让那些入心的文字辗转在五脏六腑之中，成为我们心灵的一部分。也有一些书，错字连篇，粗制滥造，就像石楠花一样让人闻到一股讨厌的臭味。千万不要让这种书进入我们的视野，杜绝那一丝丝臭味腐蚀我们的心灵，甚至影响我们美好的心情。

有书陪伴的白天，等候的过程不再浮躁不安，上下班的路上不再焦躁乏味，公园里的休闲时光也饱含书香。

还有夜晚的一室书香，独属于自己或家人，点缀着城市的梦。这是最好的亲子时光，维系着紧密的亲子关系，给父母和孩子同样的享受。读到幽默的文字时，一起捧腹大笑；读到悲伤的故事情节时，一起为主人公落泪；读到观点不一致的地方，在讨论中碰撞出新的火花。如此的美好，这一刻的书香，联结着孩子和父母的心，分明是格外地令人着迷。又或者独自一人享受这夜读的时刻。寂静的夜，床头的台灯散发着醉人的光晕，根据自己的喜好捧上一本书，靠在床头柔软的大靠垫上，静静地阅读散发着馨香的文字，随着作者笔下的人物命运而起伏，跟着作者描绘的美景阅览大好河山，是一件多么美好的事啊！如此的静谧，如此的享受，这一刻的书香，默默地打动着读者的心灵，分外地沁人心脾。

从电子产品中走出来，远离白天的喧嚣和浮躁，让心灵完全沉醉在纸张独特质感的文字中，仿佛在和一位气质雅韵的古典美女对话，又仿佛是和一位睿智的大师交流。这独属于一个人的书香，完完全全地笼络了整颗心。

书香默默入心来，腹有诗书气自华。有人说，"你的气质里藏着你读过的书"，我想说，"你的气质里藏着那一缕缕书香"。每一缕书香，都会遍历你全身的经脉，让你的气质散发着或淡雅或浓郁的书香。

－ 心事如莲，温柔绽放 －

著名作家林清玄在《柔软一心，清凉菩提》中写道，"我多么希望，我写的每一个字、每一篇文章都洋溢着柔软心的味道，我的每一个行为都有如莲花的花瓣，温软而伸展"。愿每一个文字，每一个行为，都能心事如莲，温柔绽放。

慈悲为水，智慧为泥，才有了莲花的纤尘不染、芳华绝代。好似菩萨座下的莲花宝座，一瓣挨着一瓣，每一朵花瓣都带着洁净的灵性，每一缕花魂都带着慈悲的呼吸。莲若佛心，圣洁而清净。人多善根在身，便能一步一莲花，一心一菩提。淤泥又能奈何莲花的美艳，炎热岂能抵挡绽放的热情，盛夏的时光，心静便清凉在身，如同这盛开的莲花，出淤泥而不染，圣洁在心。"不著世间如莲花，常善入于寂行"，种下善良，收获爱心，人间便能少了一些自私和冷漠，多了一些温暖和友爱。

柔软为墨，温暖为笔，便有了文字的包容和张力，有了一种善解人意和动人心魄的意境。若能每一个字都带着柔软的力量，每一篇文章都含着温暖的气息，笔墨之间，便是一个清新自然的世界。化悲愤为勇敢，化烦恼为静心，在文字的脉络之间寻得一方净土，安顿你我浮躁的心灵。文字，可以带来心灵的感悟，如那一缕缕花魂悄无声息地溜进我们的心田，化成一股坚定、善良、向上的力量，柔软我们的心灵，温暖我们的血液。如此，每一颗心灵便能如莲温柔绽放，世间便能美好涌现，善良长在。

心事如莲，温柔绽放。绽开的那一朵叫作宽容的莲花，包围着一颗温柔的心，把善良的种子撒播在人间；迎风摇曳的那一朵叫作信任的莲花，包含着一颗感恩的心，把宽容和理解的种子种植在人们心间；欲语还羞的那一朵叫作真诚的莲花，羞涩不语却满含真情，把阳光雨露倾洒在我们身上。若你心中绽放着宽容、信任、真诚的莲花，便能在这世间懂得慈悲、感恩的力量，便能净化心灵，寻得人生的淡定和快乐。

愿钢筋水泥般坚硬的世界里，你我皆能心事如莲，携一颗干净、柔软的心，温柔绽放在人间。愿批评和指责泛滥的文字国度里，你我皆能心事如莲，携一方柔软、智慧的笔墨，温暖文字中的每一个读者。

－ 愿侠义柔情溢书香 －

　　人生的第一本课外书，带我走上了阅读之路。它不是国学经典，让人可以欣赏中华文化的魅力；也不是四大名著，让人可以沉浸于经典著作；更不是我钟爱的散文作品，引领我的写作爱好。我人生的第一本书，是梁羽生的代表作之一《萍踪侠影录》。

　　小说是从我哥哥那儿借来的，书的前几页已经破烂，但并不影响小说的阅读。小学三年级，字都没认全，就那样一页页地把整本小说看下来了。沉浸在文字中，这一本厚厚的小说，我竟然看了不下三遍。吸引我的是什么？是那些侠骨柔情的情节，是那些令人着迷的温情，是那些美到心碎的对话……我是多么希望云蕾和张丹枫能在一起啊，原本那么爱、那么爱，却要背负上一辈的恩怨。每一次分别都那么不舍，每一次相聚都那么陶醉，可是却要把牵着的手放开，甚至还要含着眼泪把手中的剑朝最爱的人刺过去。命运何其残忍，让两位如此情投意合的男女，要在上一代的恩怨里痛苦一生。幸而终于有了转机，命运最终还是眷顾了这一对苦命鸳鸯，复国梦的破灭让张丹枫的父亲以死谢罪的方式化解了两家人情仇恩怨的魔咒，临死前，他终于承认并祝福张丹枫和云蕾的结合。

在主人公的故事里，我跟随着他们的足迹流浪天涯，大漠、草原、高山、湖泊……每一个景致里都有他们的爱与恨、笑与泪。家国情仇，儿女情长，都在我小小的心灵里扎了根。文武兼备、帅气豪迈的张丹枫一度是我的偶像，他的举手投足之间尽显侠义之气，令我佩服万分。他对云蕾忠贞不渝的爱情也让我对他刮目相看，他总是亲热地叫着"小兄弟"，他察觉自己爱上"小兄弟"的苦恼，他默默地背负着云蕾带给他的痛与心碎，他一直努力去化解这场恩怨，最后终于赢得了云蕾全部的信任和爱恋。

因为这本书，我爱上了武侠小说，爱上了书中的武林风云，爱上了书上的侠义柔情。长大以后，我读过很多武侠小说。记得上大学的时候，每周都要光临租书屋，几乎把书店里的武侠书看了个遍。金庸和古龙的全套基本都看过，家里甚至收藏了一箱的武侠经典，但这些始终没有一本在我心里超越《萍踪侠影录》。

显然，《萍踪侠影录》并不算最出名的武侠小说，武侠大师金庸作家有很多小说都比这本更出名，但这本梁羽生最满意的成名之作，一直是我的最爱。因为这是我人生看的第一本书，是这本小说带领我走上了阅读之路，引领着我对知识海洋的探索。

"独立苍茫每怅然，恩仇一例付云烟，断鸿零雁剩残篇。莫道萍踪随逝水，永存侠影在心田，此中心事倩谁传。"一本《萍踪侠影录》，一代恩怨情仇，一段刻骨铭心的爱情，侠义柔情溢书香，笑看风云傲天长。

— 让钝感力成为生活的壁垒 —

著名作家渡边淳一曾说过，"有益的钝感是一种才能，一种能让人们的才华开花结果，发扬光大的力量"。他在《钝感力》一书中详细阐述了钝感力的定义和行为表现。"所谓钝感力，即迟钝之力，亦即从容面对生活中的挫折伤痛，而不要过分敏感。当今社会是一个压力社会，磕磕绊绊的爱情、如坐针毡的职场、暗流涌动的人际关系，种种压力像有病毒的血液一样侵蚀人的健康。钝感力就是人生的润滑剂、沉重现实的千斤顶。具备不为小事动摇的钝感力，灵活和敏锐才会成为真正的才能，才能让人大展拳脚，变成真正的赢家"。

现代社会，忙碌的生活使我们的精神倍加脆弱，神经总是处于一种高度敏感的状态。在这种状态下，别人的一句话也许在心里过滤一遍后，就成了另外一层截然不同的意思。我认识一个朋友，她爱写文章，也爱结交文友，有一天有个文友突然就不再联系她了，她很纳闷。直到后来，她才了解到真相。原来她在文友的文后写了句评语"你站在高处看风景，我在低处仰望你"。她的本意是赞美，文友却理解成了讽刺，认为说她高傲看不起别人，从此拉黑了我的朋友。仔细想来，是那位文友心思太过敏感了，很正常的字句在她敏感的心过滤之后就变了滋味，原来的好友成了互不联系的陌生人。如果，她也拥有一种钝感力，不会越过字句去捕捉负面的能量，就不会失去朋友了。

现代职场，竞争日益激烈，拥有钝感力可以为职场的稳定增加砝码。有位同事，干活认真仔细，心思却粗糙简单。领导分配的活只要力所能及，他都会二话不说接下来，所以工作任务多，加班也是常有的事。经常有人说他，你傻不傻啊，不会推辞一些任务么。他只是笑笑，不为自己辩解。拥有钝感力，对工作任务从来不斤斤计较，力所能及的时候就勇敢地冲上去，使得他远离了职场的务虚和精打细算，提高了专业的实际能力。工作多年后，他已经成长为技术专家，并多次获得专利奖和先进奖。

尼采也曾说过："无须时刻保持敏感，迟钝有时即为美德。"只有对各种令人不快的毛病忽略不计、泰然处之，才能开朗、大度地活下去。生活中时常会有鸡毛蒜皮的小事发生，计较多了就会钻牛角尖，把自己绕进去出不来，不如培养一下钝感力，自动形成生活的壁垒，对小事不在意，用简单的心思处理人际关系，不要让虚伪、钩心斗角、敏感的负能量钻进血液堵塞我们的心灵。

钝感力不是简单的老实，也不是笨拙的傻气，而是生活中提炼出来的一种云淡风轻、不骄不躁、宠辱不惊的能力。面对诱惑可以做到云淡风轻地走过，不带一丝不舍和忌妒；站在人生高处可以做到不骄不躁，谦卑有礼地待人处事。面对生活中的欺骗和虚伪，可以做到宠辱不惊，用自己的真诚去解释人与人之间的距离；面对人生中的伤痛和挫折，可以做到不沉溺不堕落，勇敢用肩膀扛起人生的磨难。

－ 诗词咏荷韵悠长 －

荷韵悠长的盛夏时光，一朵朵娇美的荷花在岁月中再次走上华丽的舞台，一池碧水荡漾着清新的荷香，一池荷叶衬托着荷花的优美身姿。阳光下，一尘不染的色彩散发着醉人的光泽；风雨中，娇艳欲滴的翠绿轻柔地把水滴收藏。水面上的荷花仙子，或羞涩、或奔放、或妩媚，各种姿态令诗人们不禁又有了长吟短叹的思绪，徜徉在文字的世界里呼吸那一池盛夏的荷香。

自古以来，多少文人墨客写过赞美荷花的诗词，彰显着人们对夏荷的喜爱。

"荡舟无数伴，解缆自相催。汗粉无庸拭，风裙随意开。棹移浮荇乱，船进倚荷来。藕丝牵作缕，莲叶捧成杯。"隋代殷英童的一首《采莲曲》让我们看到了一群活泼、娇憨的女子在一起荡舟赏荷的画面，大家相互催促着解开船上的缆绳，忙得顾不上擦一下流下的汗水，任风吹开身上的衣裙。穿过拥挤的荷叶，在藕花深处引得一片思念。一缕缕情丝在蔓延，指尖满捧思念，君不见，一片离愁在心间。

荷花盛开，我们都忍不住想摘下一朵赠予心中的佳人，诗人李白也想折下一枝欲赠"秋水伊人"，他在《折荷有赠》中写下这样的诗句。"涉江玩秋水，爱此红蕖鲜。攀荷弄其珠，荡漾不成圆。"游玩于秋江之上，爱上此中鲜红娇艳的荷花。伸手攀折的时候惊动了荷叶上的露珠，遗憾的是，荷上晶莹透亮的露珠声势浩大，在折攀的刹那间，颗颗泻落，滴入水中，荡漾逝去，难以成圆。

唐代王勃的一首乐府名曲《采莲曲》尤其令人喜爱，其中有一段"莲花复莲花，花叶何稠叠；叶翠本羞眉，花红强如颊。佳人不兹期，怅望别离时。牵花怜共蒂，折藕爱连丝。"采莲女子在采摘莲花时，将自己与花相比。荷花开得那么稠密，并蒂连枝且有绿叶相伴，而自己，却是形单影只。荷叶虽翠但比不上自己的秀眉，荷花虽红但赛不过自己的面颊。她对自己的美貌自我欣赏，自我陶醉。叹息红颜不能长驻。她自矜青春美貌，又自怜形单影只。她的心上人不在身边，青春不能永葆，待丈夫归来青春或许已不再，不由得望着他们分别的地方惆怅感伤，回忆起从前"牵花怜共蒂，折藕爱连丝"的情景。那旧时的柔情蜜意的痕迹已经难觅，眼前是一片新的花枝。诗歌通过对采莲女子的形象塑造和心理刻画，表现出她们对征夫的深切思念和无限幽怨。

现代的作家们同样对夏荷情有独钟，大家耳熟能详的名篇是朱自清的《荷塘夜色》。那些描写月色下荷塘的佳句，似乎长着柔软的触角，带着诗意深深地抓住了我们的心灵。"月光如流水一般，静静地泻在这一片叶子和花上。薄薄的青雾浮起在荷塘里。叶子和花仿佛在牛乳中洗过一样；又像笼着轻纱的梦。"这是一个善于观察、勤于写作的作家的梦，也是我们每一个心中愿一直珍藏美好的人不愿醒来的梦。

荷红婉约的盛夏，那一幕"惟有绿荷红菡萏，卷舒开合任天真"的美景在时光中展开，吸引着游客的视线。放眼望去，那一片"绿荷舒卷凉风晓，红萼开萦紫蒂重"的风景在夏日的风中热情绽放，带来了一阵视野的清凉。"灼灼荷花瑞，亭亭出水中"，诗词咏荷韵悠长，且让盛夏带着荷的芬芳穿越千年，一睹诗人们的风采。

— 唯有好书可纳清凉 —

　　这个夏季，高温一度肆虐了中华大地，网络上关于高温防暑的段子层出不穷，令人看了忍俊不禁。孩子躺地上撒娇不走了，屁股烫得"嗖"一下站起来，自己撒开腿就走也不娇气了；要是想吃煎鸡蛋了，往曝晒过的水泥地上一扔，啪一下嘶一声拿起来便可以吃了。诸如此类，图得盛夏炎热之际乐一乐。

　　如此高温炎热天气，如何防暑降温就值得重视了。纵观朋友圈，清凉消暑的方法很多。有人去山林里避暑，坐看青山绿水，呼吸山野新鲜空气，乃人生一大乐事；有人泡在游泳池里，水里的温度是多么舒适啊，炎热的感觉也就荡然无存了；有人关在空调房里，温度适宜，想做什么就做什么？有人一头扎进图书馆，在书的海洋里寻一处清凉……

　　于我，只要有时间，更喜欢徜徉在书海之中觅一丝清静寻一缕清凉。

读书，一定要读好书。现在市面上的书很多，粗制滥造的也多。内容不健康的、道德观扭曲的、盗版印刷质量差的，应有尽有。读这样差质量的书，令人眼睛劳累、心情浮躁，不仅不能达到静心清凉的效果，反而心头有火似的更热了。读一本好书，仿佛找到了一个知音，入心的文字、清晰的脉络、丰富的内容、唯美的插画，都会化作一丝丝清凉的风，直接吹进心灵深处。

读书，一定要读喜欢的书。好的书，如果不合读者的胃口，也是看不进去的。我曾读过一本心理学的书，作者的文字其实是比较专业的，里面也穿插着很多心理学实验，可是我无论如何努力就是看不进去，最后束之高阁。归根结底，还是我并不喜欢这本书。如果读一本书，只是眼睛瞟过而已，不能在心里留下共鸣的声音，那样的读书只是浪费时间。所以，读书一定要读自己喜欢的书。因为喜欢，便会集中注意力，把自己沉浸于书香的世界，身外的酷暑已然不知。

清凉消暑读书去，盘腿往图书馆的地上一坐，便可清凉一天。图书馆的书是经过甄选的，所以书的质量可以得到保证。有好书做伴，日子不会贫乏。读一读史书，从历史的时空还原人类的追求；读一读诗书，在诗情画意的文字里寻一缕书韵；读一读书画，在墨韵流动的书画里感知世外桃源的风景；读一读经书，在一叶一如来的禅意里澄澈心境的空灵……博览群书，让文字成就那个更好的你。

唯有好书才能打开心扉，唯有好书才能让心灵共鸣。寻一本好书，或是名家散文佳作，或是文坛新人诗集，或是一部恢宏的史诗，或是一本直击心灵的小说，在喜欢读，甚至迫切希望一口气读完的好书里，远离尘世的喧嚣和心灵的烦躁。最是清凉读好书，愿这个炎热的夏天，亲爱的读者能找到一本心可宁静的好书。

－ 绿荫底下读华章 －

　　杨柳岸，树荫下，寻一块干净的石头坐下来，若是石头够大，还可以躺下来，想想便是一件惬意的事。拿上一本喜欢的书，或研究历史文化的传承，或品读一首朗朗上口的诗韵，或欣赏一本文字入心的散文，或读一篇情节入胜的小说，在惬意的时光里沉入文字的世界。上下五千年的文明，在这休闲的时光里得到了安置；诗情画意的文字，在这迷醉的光阴里得到了安放；曲折动人的故事，在这慵懒的时光里得到了升华……微风为诗篇添妆，鸟鸣为书墨增彩，花香为书韵加味，这别样的绿荫底下的时光，成了生动的世界。

　　书，在哪里都可以读，但不同的地方会有不同的感受。地铁里的喧嚣、车站里的嘈杂、广场上的热闹，即便是读书，也会被外界所干扰，从而没法完美地沉入文字的世界。而图书馆的静谧、夜灯下的宁静、咖啡屋的安静，又似乎有些过于安静了，虽然一颗心不再浮躁，也容易让人进入文字的描绘中，但这份安静有时候也会让人因为室内环境而觉得过于压抑。不如，找一个树荫坐下，天那么高，云那么白，仿佛置身于画布之中。阳光影影绰绰别有风姿，微风轻拂发梢阵阵飘香，在这样如诗的画面里，读书，是一件令人享受的事。

小时候看《红楼梦》，看到黛玉拿着书在树荫底下看书的情景，便觉得那样的场景真是富有诗情画意。古典美人，那么优雅娴静的侧脸，仿佛与手中的书已经融为一体。纤细的手指，轻轻地按压在文字的墨韵里，仿佛那已经是一幅美到极致的画。那时候，多希望自己也是那画中的美人，身体斜靠在树干上，慵懒地拿着书，读一读诗篇，看一看华章，让自己沉浸于如此优雅的时光。只是小时候，总有忙碌的学业和繁重的劳作，哪有那样的闲情逸致，而我经常干农活的双手也常常粗糙地失去了画面的精致。直到上了大学，学业没有那么重了，便喜欢拿了书找一处树荫坐下，有时候甚至躺下来，徐徐的微风吹拂着发丝，淡淡的花香轻拂的脸庞，清脆的鸟鸣萦绕石耳畔，那一刻，自己也已经是画中的美人读书图了。

眼睛累了，便把书放在脸上小憩，墨香淡淡地钻进鼻孔，连呼吸都带着清雅的书香。若是此刻，有蝴蝶停在书本上，也不必太过惊讶，因为书香和花香已经完美地交融在一起，让那些翩翩而来的蝴蝶追随着芬芳，停留在书本上。此刻，惬意的你、淡雅的书韵和周围的世界都已是画里的风景。

大树底下好乘凉，树荫底下读华章。这是人生的一种意境，与书为伴，融入自然。微风吹过，书香入脾，小鸟啁啾，花香馥郁，在这生动的世界里，翻阅一本好书，轻吟一首好诗，让一颗心沉浮在唯美的光阴里。